瓷
之
色

○

今天面对众多颜色的陶瓷

我们很容易忽视古代工匠与文人最初的愿望

那些出于本能的愿望实际上包含了文学

美学　哲学等诸多含义

●

在陶瓷中

釉色与纹饰为装饰的两大手法

前者比后者抽象

表达的内容复杂甚至玄妙

●

古人实际上一直在摸索

历朝历代所要表达的内容也未必一致

所以让后人兴致盎然

MA WEIDU
Color of Porcelain
The Forbidden City Publishing House

故宫出版社

马未都—著

瓷之色

雨足郊原草木柔

青釉

下

玉碗盛来琥珀光

酱釉

摘尽枇杷一树金

黄釉

春来江水绿如蓝

绿
釉

百般红紫斗芳菲

红
釉

影落明湖青黛光

蓝
釉

四时佳兴与人同

仿生釉

淡妆浓抹总相宜

色斑釉

为有源头活水来

官釉

千树万树梨花开

白
釉

在陶瓷的历史上，无论陶瓷釉色创造出多少种颜色，白色无疑是最早的追求。这一追求艰辛漫长，至少走了一千年。大约在北齐〔550～577年〕，古人才烧出相对意义的白瓷。以今天的眼光，这种白瓷不算太白，在釉厚处闪着不经意的青色，但正是这不单纯的白色，拉开的中国白瓷的序幕，使得后世在陶瓷装饰上有了拓展空间的可能。

早期白瓷不是横空出世，仅是青瓷的改进型；工匠们在摸索了上千年的青瓷烧造的基础上，发现了烧造白瓷的技巧。白瓷与青瓷不是两股道上跑的车，而是一个系统中的拓展，简单的表述就是把青瓷中的青色去掉，就烧成了白瓷。河南安阳北齐〔575年〕范粹墓中的早期白瓷的确不白，但它没使用化妆土，仅凭本色，这一点尤其重要，使它作为早期白瓷的证据载入史册。

仅二十年后，还是在河南安阳，隋〔595年〕张盛墓出土的那一批白瓷无可争议地让白瓷从此真正登上中国陶瓷的舞台，一展风姿。今天来看这批白瓷，仍惊叹当时北方瓷业之先进：一把白瓷剪刀一刀剪断了白瓷何时诞生的纷杂之争；361目的围棋盘将围棋的搏杀形成定式；表明225目、289目的古围棋到隋朝已经成为历史。

白瓷的诞生平平淡淡，却藏有一个千古之谜。白瓷是在青瓷基础上提纯，去掉铁及杂质，使之纯粹起来；白瓷并没有易帜，仍打着青瓷的旗帜前行。问题是，白瓷在中国北方诞生，而南方才是青瓷的发祥地，也是大本营，那此题做何解呢？

北齐 白釉四系罐
范粹墓出土　河南博物院藏

隋 白釉剪刀
张盛墓出土　河南博物院藏

隋 白釉围棋盘
张盛墓出土　河南博物院藏

唐代邢窑

人类的社会发展史有一个浅显的道理，叫后来居上。现状如果优秀，很快就会成为负担，让前行受阻，变得缓慢。历史一次又一次证明了这一朴素道理。

唐及唐以前南方青瓷的优秀使之容易满足现状，不思进取；而北方瓷业在唐之前明显不如南方，故发奋努力属正常状态，尤其是隋唐结束南北朝的分裂，政治中心确立在北方，至北宋晚期徽宗时代，北方一直视南方为蛮夷之地。

唐代白瓷显然明确对抗唐三彩的华丽。三彩属低温釉陶，色泽绚丽，仅为死者服务，古人重葬，不求朴素，求鲜艳，求热烈，求繁缛，求地下仍是一个人间。唐代是一个张扬的时代，不追求收敛，唐诗中的名篇大都浪漫豪放，集中体现唐人的生存哲学，而白瓷与之背道而驰，一副文静修练的样子。

史载唐天宝年间："每岁进钱百亿，宝货称是。云非正额租庸，便入百宝大盈库，以供人主宴私赏赐之用。"此事有证据。百宝大盈库简称大盈库，并非国库，乃皇帝私库，专门用于赏赐。过去带"盈"字款的白瓷堪称国宝，二十年前仅有有数的几件，分布于各博物馆。近年来出土骤增，凡拍卖市肆常见，器型品种仅限执壶、浅盏、万年罐几种，器型变化不大，可见唐时已成定式。

唐明皇携杨贵妃一路赏赐，邢窑之白瓷独领风骚，科技含量起了决定性作用。有文字以来，文明史中多了科学追求，历朝历代的皇家奖励，都注重奖品的科技含量。邢窑以其白在唐代傲视同侪，让唐明皇下令在器底深刻"盈"字，标榜金贵。

多贵重的东西，只要具备商品价值，早晚它会进入民间普及，经济力量之大甚至可能改变政治格局。邢窑在唐，"天下无贵贱通用之"〔唐李肇《国史补》〕，大凡商品到了无贵贱通用的境地，它就能为社会创造极大的价值。即便在今天，千年以前的唐白瓷并不算太稀罕之物，可见当时的产量。

湖北天门人陆羽写过《茶经》。他一孔之见认为邢不如越，可他对邢窑的评价仍为类银类雪，客观描述准确。如银似雪的邢窑毕竟是陶瓷史上白釉老大，得此评语，实至名归。

白瓷在唐朝较之白瓷在任何一个朝代都白，这个白是心中之白，感受之白，境界之白，是陶瓷史上对白色这一基色或曰无色的追求与肯定。

"盈"字款

唐　邢窑白釉"盈"字款罐标本
故宫博物院藏

唐　邢窑白釉盘
黑石号沉船出水
1998年东南亚出水的黑石号唐代沉船，60000件文物中有300件白瓷，器型丰富，其中经典作品反映了唐代白瓷的最高成就。

宋代定窑

宋定窑白瓷一副心安理得的样子，一看就是出身好得不行。在邢窑的创业下，定窑坐享其成，让其白重新演绎。定之白与邢之白的区别不是技术上的革命，而是思想的飞跃。

可以看出，邢窑使尽浑身解数，唯恐器具不白，而定窑则轻松上阵，游刃有余地将白淋漓尽致地表现。定窑觉得客观白已不再那么重要了，感觉名贵才是重要的，所以定窑镶上了金口、银口、铜口。

定窑镶金银口是奢侈之举，不是无奈的选择。许多书籍以讹传讹地讲，镶金银口仅是弥补定窑覆烧工艺涩口的不足。以其高成本弥补低成本的商品古今未有，岂会就在定窑身上独现？理论上讲，覆烧仅为了提高产量，提高产量降低质量的事只能在低档商品中流行，而早期定窑作为皇家用瓷时，绝不可能计较这样一个差距不大的成本损失，去冒皇帝不悦的风险。

定器包镶金银口，华贵时髦，宫廷盛行，逐渐蔓延民间。于是，包镶金银口遂成为一门行业，宫廷民间均设作坊以供时需。宋朝工部文思院设"棱作"，内廷后苑造作所亦设"棱作"，只负责定器及其他器皿的镶口。汴京城内，镶金属口的作坊面向市场，不必金银，铜口亦使定器增色。

镶口这样一个风靡宋代的时尚，被后人不负责任地指责为亡羊补牢之举，缘于对古籍的理解有误。"定器有芒不堪用"〔南宋叶寘《坦斋笔衡》〕，芒被一直误解为芒口，即涩口，古之大谬。

定窑有芒，光芒耀眼。徽宗以此抑定扬青。北宋末年，青瓷得宠，白瓷渐入冷宫。五代及北宋，定窑白瓷风头也已出了一百多年，看定州静志寺塔基出土的大净瓶可知定窑之辉煌，洋洋洒洒，百多件瓷器以定为主，足见彼时佛教对白瓷的虔诚态度。

与邢窑固守素器不同，定窑此刻开始动脑筋装饰，刀刻、竹划、模印，尽其所能。定窑于是朝着媚俗迈步，走到北宋末年遇见宋徽宗这样一个艺术天才不买账，定窑的艺术探索号角才逐渐走弱。至于辽定、南定，地域的效仿；粉定、土定，质量的追随；都为定窑之白推波助澜，摇旗呐喊。

白瓷在唐宋，随政治沉浮。古人没有知识产权、无形资产这些现代概念，古人就是一个抄袭，想尽方法把白瓷烧白，占领市场，分摊份额。南方的景德镇，白瓷不如北方，只好扬长避短，烧出青白瓷，俗称影青，改良了白瓷，以期适应南人的审美。应该说影青的改良是大获成功的，元代以后景德镇成为瓷都，其早在宋时就已打下了良好的基础。

"官"字款

五代　定窑白釉"官"字款水丞
故宫博物院藏

北宋　定窑镶鎏金铜口白釉碗
故宫博物院藏

宋　定窑白釉印盒（土定）
观复博物馆藏

宋　介休窑白釉镂空香熏
山西博物院藏

宋　定窑白釉盘（粉定）
观复博物馆藏

宋　景德镇窑印花碗（南定）
观复博物馆藏

宋　定窑刻花龙首净瓶
定州静志寺塔基出土
河北省定州博物馆藏

宋　定窑刻双鱼纹大碗
故宫博物院藏

宋　定窑瓷孩儿枕
故宫博物院藏

辽白·金定

辽与宋在国土争端上反复拉锯，定窑烧造区域就在拉锯区中。辽人对宋人烧制的白瓷不可能熟视无睹，当然亦有垂涎。马背上得天下的辽人惯与金属器、皮器、木器为伍，可当看见宋人如此洁白可人的瓷器时，不可能拒之千里，以瓷器仿金属器、皮器是辽人的拿手好戏。辽定理应为定窑烧造，胎质致密，叩之清越，釉白莹润；而辽白则为效仿之作，其胎与辽绿、辽黄大同小异，只注重釉色，不注重胎骨。

金人打仗在行，一路南下，逼得宋人节节败退。金人治国有点儿麻烦，哲学高度上不去，不知从何下手。金太祖完颜阿骨打改国号为"金"，他说："辽以镔铁为号，取其坚也。镔铁虽坚终亦变坏，唯金不变不坏。"金太祖认识还算有点儿意思，《金史》载：金之色白，完颜部色尚白，于是国号大金。

金之定窑在此理论基础上发扬光大。尽管此时宋人抑定扬青，金人不管那套，在其统治地区河北山西推崇白瓷。定窑延续不用多说，井陉、介休、霍州等地的白瓷，其白就有过之而无不及。金人的汉化由于太祖放纵，向汉文化迅速靠拢。辽人的衰败，给金人敲响警钟。金人提高自我修养，培养生活情趣，难怪有学者曾赞美：金之文物，远胜辽元。

北方定窑白瓷的发展至金，虽战火频仍，但一直未有间断，尤其印花手段，大幅度提高了产量，提高了质量，使其手工业文明带有工业文明的前兆。印花工艺的采用，让白瓷放下身段，根植民间，观察印花定窑，可以看出百姓的乐趣，婴戏、走兽、花卉禽鸟、水波游鱼，无一不是宋金百姓生活的写照。

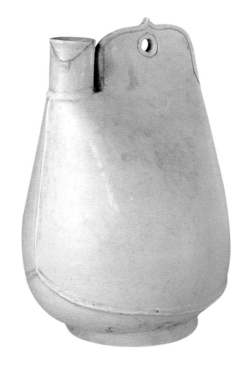

辽　白釉四系穿带壶
观复博物馆藏

辽　白釉皮囊壶
故宫博物院藏

金　霍州窑白釉印花盘
山西博物院藏

元代枢府釉

"蒙古"意为银，与"金"相对。元文治未修，只重疆土，却明白手工艺的重要，宽待工匠，以求丰足。元代白瓷移师景德镇。景德镇地处江南腹地，山水齐备，客观条件良好，尤其具有杀手锏——高岭土，白瓷没有理由不在此大显身手。有了宋青白瓷的锤炼，卵白釉如夏蛇之蜕令其脱胎换骨，一反邢定牙白之明确，先是卵青色，透亮不浑；继而迅速改良为茶〔nié〕白釉，乳浊不透；枢府釉的烧造娴熟，无意中为元青花准备了迅速登场亮相的机会，这一点枢府釉始料不及。

元代尚白绝非偶然。马背民族看惯了蓝天白云，心胸开阔，受不了半点委琐。以白为吉在元人生活中处处体现。皇帝骑白马，着白色长袍，住白色蒙古包；佛教仪式时，皇帝宝座上撑起白色华盖；顺理成章，白色瓷器为元宫廷首选。

枢府白釉与邢相反，不见素器。元人还是很难理解朴素之美。印模的枢府釉使乳浊釉下的纹样及字迹若隐若现，反倒多了一层朦胧之美。元代青花成型基本都是模制，虽以画笔装饰，但也没能彻底躲开模制工艺。枢府釉的纹样追求耐人寻味，非仔细端详不能欣赏，尤其"枢府"二字，还有"太禧"、"东卫"，辨认的前提多数是已知内容才显容易。

枢府，元代政权中心枢密院，国家的中枢神经，可见要害。元代蒙古人心急，马的奔行速度养就了元人的急脾气。元人在政权尚未完全夺取之时，就于至元十五年〔1278年，南宋祥兴元年〕在江西设置浮梁瓷局。这一划时代的历史事件，表明中央政府对官方制瓷的高度垄断。景德镇的官窑制度由此诞生，一直延续至清末宣统年间才告终结。

"枢府"款（局部）

元　枢府印花缠枝莲碗
故宫博物院藏

永乐甜白

朱元璋江山拿得不易，不依不饶的陈友谅差一点要了他的命。历史是必然中的偶然，偶然中的必然；那神奇射中陈友谅眼睛、令其毙命的一箭，如果偏上三寸，江山姓朱姓陈还得再说呢！

朱元璋的军事才能毋庸置疑，艺术判断力就强他所难了。有品味的皇帝都是治天下的皇帝，打天下的皇帝不拿品味当饭吃。洪武白釉限于小盘小碗，不见大器；烧大烧小不是明太祖操心的事。可到了儿子永乐，白釉成为其瓷器中的重要品种。永乐白釉，声名远播，关键在一字上——甜。

甜白釉完全是一种主观感觉，瓷器不能品尝，何甜之有？！永乐一朝，下如此大工夫追逐白釉，想必会有皇帝的旨意。洪武时期景德镇御窑厂设立，《大明会典》记载：凡烧造供用器皿等物，须要定夺样制，计算人工物料。《宣宗实录》又载：〔宣德元年九月〕命行在工部江西饶州府造奉先殿太宗皇帝几筵、仁宗皇帝几筵白磁器祭器。宣德皇帝登基伊始即为其祖父永乐、父亲洪熙烧造龙凤纹白釉器，可见他深知永乐之好。

永乐白釉的进步显而易见。前人古籍中屡屡赞颂。永乐之前的白釉，多少也会闪青，原因是色釉中只有白釉没有呈色剂，换言之，任何颜色的瓷器都需要添加金属呈色剂，才能达到追求的效果。而白釉的追求是减法，减去一切可能影响呈色的杂质，在景德镇洁白如玉的高岭土上，施以透明釉，让白是白里透白，从根本上白，永乐一朝做到了，所以永乐白釉成为后世白釉的楷模。

甜白一词，极尽赞美。有人认为永乐白釉与白砂糖形似，故名。此大谬不然，甜白，重在神似，强调内心之感受，不屑

明永乐　甜白釉暗花缠枝莲纹梅瓶
故宫博物院藏

明永乐　甜白釉暗花云龙纹梨式壶
故宫博物院藏

明永乐　白釉僧帽壶
观复博物馆藏

清康熙　白釉凸花团螭纹太白尊
故宫博物院藏

"朗唫阁"款

外在之表现。十六世纪，当白砂糖技术普及中国时，中国人才想起用什么来形容永乐白釉——甜白。这一名称至少迟到了一百多年。

永乐甜白釉是古代白瓷之顶峰，与宣德炉齐名，后世一直试图超越未果，索性就将其视为榜样。清雍正时期模仿过，形似神不似，按说雍正白釉也不是等闲之辈，但仿永乐甜白还差一节，如雍亲王私邸朗唫阁的僧帽壶，透光清亮，与永乐透光肉红明显有别。说起来，永乐之白由体内传递到体外，仿品则是在体外循环了。

有清一代，康雍乾三朝都大肆烧造过白瓷，除月坛祭器外，艺术瓷器比比皆是。天地日月，蓝黄红白；皇天后土，日升月恒。而艺术白瓷较之白瓷之楷模，康熙失之于硬；雍正失之于腻；乾隆失之于薄；而永乐甜白，不硬而酥，不腻而甜，不薄而淳，展现一代白釉之王的风采。

清　雍亲王府"朗唫阁"款白釉僧帽壶
故宫博物院藏

清乾隆　白釉包袱式如意花觚
故宫博物院藏

德化白瓷

偏安一隅的福建德化，地理位置优越，离港口近，便于海运。在古代，运输成本大大高于今天，所以古人临水便于运输乃是大福。

马可波罗在他的游记中说，泉州港临近的德化，制瓷多且美。大批商贾云集，货物堆积如山，买卖盛况难以想像。由于马可波罗带回了德化白瓷，他又拼命宣传介绍，意大利等学者将德化白瓷戏称为"马可波罗瓷"。

德化白瓷与众不同，先是透光率极好，为群瓷之冠，其次可塑性极强，无一不能塑造。见过明何朝宗德化观音的人无不为之惊呼，以陶瓷之脆性，表现衣褶之柔软；以陶瓷之生冷，表现肌肤之温润；德化白瓷堪称一绝，前后无人能与之比肩。

德化白瓷由于特性十足，名称千奇百怪。象牙白，1610年出版的《葡萄牙国王记述》载，德化白瓷乃瓷器之上品，与其他东方名瓷迥然不同，质滑腻，色乳白，宛如象牙。估计象牙白之美名就是这样流传开来。明德化白瓷确实呈现象牙白，白中略闪黄，正因为如此，生机无限。而清乾隆以后的德化白瓷，白中略闪青，失象牙之质感，甚是可惜。

款识

明　何朝宗德化观音像
故宫博物院藏

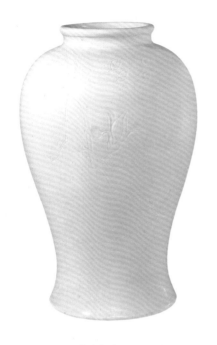

明　德化窑白釉刻玉兰纹尊
故宫博物院藏

清　德化窑外销瓷白釉象
观复博物馆藏

　　猪油白，显然为当地人所用称谓。新疆人称和田白玉为羊脂玉，地域文化使然。古人食用动物油由来已久，凝固之上等猪油确实让人垂涎。文化之高雅低俗其实多在表述，象牙白就比猪油白高雅，所以猪油白都在商人中传递，难上文献。

　　中国白，此名大气明确，其实国际上称德化白瓷为中国白不过百年之内的事。西方人对这一特殊白瓷，给予很高评价，把中国赋予白瓷之上足见西人的重视。

　　德化白瓷对西方人产生过巨大影响，十七、十八世纪，至少有几千万件德化白瓷运往欧洲各国，至今还随处可见其踪迹。德化白瓷的特性意外地满足市场两种需求，艺术与实用。当两者结合在一起各显神通之日，正是中国陶瓷感动世界之时。

结语

古人长久地观察自然中的白，天上的白云，飘落的白雪，盛开的白花，千姿百态，都为古人追求陶瓷之白出示了标准。这一标准本是天赐之色，上苍赐予。古人在不知目标是否能达到之时，仍在努力执着地追求；我们不能以今天的大好结局来评价古人的追求，在历史的局限中，在古人不知陶瓷可否烧成白色的前提下，中国古代工匠一直孜孜不倦，踽踽前行。

今天，我们对瓷的感情愈来愈淡，熟视无睹。掐指一算第一件白瓷的诞生一千五百年过去了。文明就是这样，画下一个个记号，不管后人在意与否，高度就是高度，跨越的只是记录；记录着我们曾有过怎样的辉煌，记录着我们曾有过怎样的情感。一个民族，尊重自己的历史，才会有美好的明天。

北风卷地白草折，
胡天八月即飞雪。
忽如一夜春风来，
千树万树梨花开。
散入珠帘湿罗幕，
狐裘不暖锦衾薄。
将军角弓不得控，
都护铁衣冷难着。
瀚海阑干百丈冰，
愁云惨淡万里凝。
中军置酒饮归客，
胡琴琵琶与羌笛。
纷纷暮雪下辕门，
风掣红旗冻不翻。
轮台东门送君去，
去时雪满天山路。
山回路转不见君，
雪上空留马行处。

——唐 岑参 《白雪歌送武判官归京》

乌衣巷口夕阳斜 *

黑
釉

黑色对陶瓷充满了玄妙。在有意无意之间，在连续断续之间，黑釉陶瓷说不清自己的身世和目的。黑釉瓷器在陶瓷的大家庭中，如同一个憨厚的仆人，招之即来，挥之而去；两千年的陶瓷历史中，如不留意，便感受不到它的存在。

　　可它的的确确伴随着陶瓷兴替一直存在。黑瓷早在两千年前的东汉，在今天的浙江已有出现，尚没有证据证明早期黑釉瓷器是一个有目的的追求，含铁量高是导致釉色发黑的直接原因。与青瓷相比，黑釉缺乏直接的诱惑，甚至黑釉将自己置于一个不利的商业局面，与青瓷的搏斗中尚未出手就已败下阵来。早期瓷器以青釉为主绝非偶然，色泽悦目显然是最直接的原因。而黑色，深不见底，任何颜色至此均不见表现力。某种意义上说，黑色实际不是颜色，是一切颜色的尽头。

　　浙江的上虞、宁波、绍兴以及永嘉地区，乃黑釉瓷器的发祥地。黑釉瓷器这样集中出现，猜想与当地的土质有关，浙土含铁高，是生成黑瓷的首先条件，两千年前的东汉人尚没心力将黑釉作为追逐的目标。文明的童年与人的童年一样，好奇心为多，能控制的行为为少。没有高超技巧烧造陶瓷的古人，面对黑瓷，无奈中生发出一丝欣喜，欣喜中流露出一丝满足，早期黑瓷就在这样一个心态环境中慢慢形成后世认可的美学追求。

一提及黑瓷的历史，言必称德清黑釉，其黑如漆，光泽温和，上品可与漆器媲美。瓷器中的这种追求上进的心态，是它长盛不衰的原因。古代瓷器由于取材容易，价格低廉，一直降低身价，向高贵者示好；一旦时机形成，瓷器就会向其靠拢，表明自己身份虽卑微，但亦有展现才华的能力。

黑釉瓷器追求漆之效果，由不自觉到自觉，由懵懵懂懂到恍然大悟，我们不可能知道古人是在哪一天开窍的，也不知道古人为此付出多少心血和努力。漆在中华文明的进程中起过相当作用，黑红两色乃漆之本色，早期漆器在此两色中大作文章。红色对瓷器难度极大，在黑釉出现千年之后，红釉才缓缓登场；但黑釉的无意，使黑漆不再单兵作战，在古人的生活器皿中，黑釉与黑漆都扮演了相同的角色，庄重地粉墨登场。

德清黑瓷最出名的是上海博物馆所藏盘口四系壶。与汉壶相比，其颈变细，可单手执起，比汉壶双手捧用方便许多，这一提示，使得"壶"这一概念在晋之后变得日渐清晰。今天壶之概念为单手所能力及，有柄易于提起，而这一概念可以说自晋壶肇始。

故宫博物院所藏东晋黑釉鸡头壶，桥形系剩下两个，另安单柄，再安鸡头流，壶之形欣然而出。其黑亦如漆，均匀满施，充分显示了德清黑釉技法娴熟，游刃有余。

奇怪的是东晋之后，黑釉瓷器在中华大地变得稀少罕见，青釉霸占了南北朝至隋。唐代黑釉在北方再度兴起。却与南方德清黑釉没有根本的血缘关系。黑釉在唐代的北方像幽灵一样出没，变种频频出现，以黑色为美学追求，在工艺上随处可控的局面，在唐代的土地上不只是一处两处，而是遍地开花。由

德清黑釉

东晋　德清窑黑釉四系盘口壶
上海博物馆藏

东晋　德清窑黑釉鸡头壶
故宫博物院藏

此可以判断，黑釉的技术在唐代的制瓷业已是个普通的技术，不再有技术障碍。

唐代陶瓷南青北白的格局并不影响黑釉的存在，北方的河南、山东、陕西等地均有相当数量的黑釉出土。其色泽饱满，施釉均匀，少有流淌状，这是黑釉瓷器非常神奇的特征。

如没有如炬的目光，很难区分华北地区唐代黑釉的确切产地，它们之间的差距较小，有些甚至可以忽略不计。河南地区出土一种土黄砂胎的黑釉产品，品种不多，集中在执壶粉盒一类。故宫博物馆所藏唐黑釉圆盒，盖顶如馒头鼓起，丰满可人，其转折处、口沿出筋处呈现白线，让黑更黑，越发显得精神。这类圆盒有小如雀卵者，十分可爱。以容量推测，似盛放化妆品不会有误。

故宫博物院另藏唐黑釉执壶，为唐代流行执壶矮胖者。这类矮胖执壶，造型庄重沉稳，视觉感受放心，尤其黑釉者，观之总有不可擅动之感，而其他色泽的唐执壶，或黄，或白，或青，都不如黑壶压得住阵脚。黑釉不会讨好社会，只会坚守自己的阵地，任何情景下决不会乱了方寸。

唐代黑釉

唐　黑釉粉盒
观复博物馆藏

唐　黑釉圆盒
故宫博物院藏

唐　黑釉执壶
故宫博物院藏

耀州黑釉

北方青釉中耀州窑橄榄绿最有特色，但那是宋之后的壮举。耀州窑博物馆所藏塔式盖罐，典型唐代造型，体形巨大，不偏不斜，装饰手法丰富，七级宝塔形的盖顶上塑一黑猴，手搭凉棚瞭望，生动有趣。

陕西耀州窑出土的黑釉贴花执壶，与塔式罐贴花工艺异曲同工，显示了唐代华丽之风的装饰追求。瓷器虽为单一黑色，但贴花隆起之细筋的表现，让观者忘记黑色，让单纯多了一分复杂，让沉静生出一分生动，尤其龙嘴仰天长啸，与器身之花卉形成美丽的反差。

耀州黑釉器中还常见一种小盘，施白化妆土后，分五次蘸上黑釉，中心随之形成五星状，颇显情趣。这类碗盘的审美取向非常不传统，但仍在唐宋北方地区流行一时，此流行美学，至今尚无有信服力的解释。历史有许多谜，很可能永远是谜。

唐　黑釉塔式盖罐
耀州窑博物馆藏

唐　黑釉贴花执壶
耀州窑博物馆藏

唐　白地黑花碗
日本东京国立博物馆藏

河南黑釉

已发现的河南烧造黑釉的窑口较多，黑釉常常伴随其它品种共生。由此推断，黑釉作为一个陶瓷品种，在唐代已有一席之地。河南的唐三彩名闻遐迩，其中尤以骏马神采飞扬。《资治通鉴》有载："上之东封，以牧马数万匹从，色别为群，望之如云锦。"皇上出行，几万匹马跟随，分出颜色行进，红马、白马、黑马各自成群，"望之如云锦"真是名副其实。黑马之庄重想必为群马之首，唐三彩马纯黑者少之又少就是例证，黑马伫立，不怒自威。

宋代黑釉遍及大江南北。在这个商业气息浓厚，百花齐放的文人时代，黑釉有其一席之地再正常不过。宋代的五大名窑、八大民窑系统，只有建窑系拿黑釉作为拳头产品。北方的磁州窑系、耀州窑系，甚至定窑系都有刻意烧造黑釉瓷器的产品，想必那时市场保留了这一部分需求；而南方的吉州窑，不排除北方工匠南迁后也带去黑色审美的信息，其中单一黑釉产品绝非无意中出现。

宋　黑釉小罐
观复博物馆藏

唐　黑釉三足炉
河南省文物考古研究院藏

唐　三彩黑色马
纽约苏富比

宋代建盏

宋之黑釉首推建盏，造型单一，但声名远播，其原因在于宋代饮茶习俗的改良。宋代饮茶提倡单纯，精简手续，不再像唐代那样在茶中加佐料，让茶清爽上阵，担纲主角，建盏就在这样一个背景下诞生了。

北宋那个艺术造诣第一的徽宗皇帝，写下《大观茶论》。他对茶盏的要求首先是"盏色贵青黑"，徽宗不是随口一说，而是实践出真知，"取其焕发茶采色也"。宋徽宗讲，"点茶之色以纯白为上真，青白次之，灰白次之，黄白又次之"，茶色离不开白，与黑相对，建盏黑色大兴不是偶然。宋时饮茶习俗与今之饮茶习俗大异，程序繁缛，仪式感强。今之瀹饮，相传为朱元璋第十七子朱权发明，借父之权力向全国推广，改团为散，沿袭至今。

宋代饮茶较之唐代进了一步，改良很多。读陆羽《茶经》，他对茶碗评价根本未涉及黑釉，邢越类比仅在青白之间，而最次洪州瓷也限于褐色，并被陆大人判定不宜茶。由此可见唐茶与宋茶之饮法的差异。宋代大儒蔡襄，在饮茶方面也有高论，对建盏的评价是："建安所造者，绀黑，纹如兔毫，其坯微厚，熁之久热难冷，最为要用。"

这是建盏为冠的道理。茶盏使用之前，用火微烤，由于胎厚含铁，久热不凉，使得茶温常保，茶之表现上佳。而斗茶习俗，借黑釉易观之，"乳雾汹涌，溢盏而起，周回凝而不动，谓之咬盏"，一旦"咬盏"，胜负即可定下。故蔡襄说："建安斗试，以水痕先者为负，耐久者为胜。"

建盏纯黑者反而不多，兔毫、油滴、曜变等等，品种很多，实为主流。建盏以黑色调为主，其他全是变化，在黑色前提下

宋　建窑兔毫盏
美国大都会博物馆藏

宋　建窑兔毫盏
美国波士顿美术馆藏

宋　建窑油滴盏
英国大维德基金会藏

宋　建窑油滴盏
日本东京国立博物馆藏

宋　建窑黑釉兔毫盏
观复博物馆藏

宋　建窑兔毫盏
故宫博物院藏

宋　建窑兔毫盏
观复博物馆藏

宋　建窑兔毫盏
法国吉美博物馆藏

寻求变化。其实，黑釉由于含铁量高，在高温下极易发生微妙变化，这些变化慢慢被窑工发现、总结、追求，又被文人赋予其文学含义，遂即变成千古乐事，精品成为国宝。

日本定为国宝的建盏有油滴、曜变多种，个个神完气足，其中传承有绪的有江户时代稻叶家族的名品，在 1660 年已有出版记录，那一年，我们的康熙皇帝尚未登基，日本人视建盏已为拱璧了。

故宫博物院所藏兔毫盏为标准品种，兔毫使黑盏生动，由于炉温高达 1300 C 以上，兔毫的形成借助含铁量及炉温，形成底稀口密的特点，呈放射状的视觉感受，无意间给建盏增添了美感。

美的形成中，创造可能无意，欣赏必须有意，换言之，创造美可能天生，欣赏美必须学习。宋人在生活中发现、总结、归纳，让看似死板的黑盏变得生机勃勃，深刻影响后世一千年。

宋代墨定

定窑以白著称，宋时大宗定窑产品为白瓷，以适应大众市场。与大众需求形成对立的一定是小众市场，定窑在此基础上创造出红定〔今称紫定〕、绿定，还有墨定。墨定又称黑定，一反定之白，走向反面，走向极端。过去史籍记载不多，明代曹昭曾给予肯定，"紫定，色紫。墨定，色黑如漆。土俱白，其价高于白定，俱出定州。"曹昭以古董眼光看待颜色不同的定窑器，未必是宋之市场行情。

紫定及墨定显然追求漆器效果。宋代漆器发达，尤其素漆器盛行，不像明清以后，漆器不论描绘刀刻，皆以纹饰为荣。素漆器的朴素之美在宋代与其美学吻合，以瓷之色追求漆之色是陶瓷快乐的美学之旅。在这个蜿蜒的路径中，陶瓷获得了漆器的乐趣，分得漆器的一部分市场。在价格战面前，陶瓷一定是强势，漆器永远处于劣势，也许这就是中华漆文化历史虽久，却得不到长足发展的潜在原因。

北宋　定窑黑釉碗标本残片
故宫博物院藏

北宋　定窑黑釉金彩束莲纹斗笠碗
日本 MOA美术馆藏

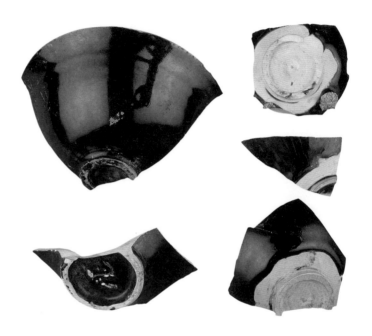

磁州黑釉

　　黑定与黑磁州窑产品在宋代的北部江山扮演着不被人们注意的角色，高贵者以其精致传达陶瓷之外的美学精神，譬如追求上流漆器效果；低贱者则以朴素平实在百姓的生活中默默无闻地站在它该站的地方，如不经意，长久不会被社会关注。

　　故宫博物院藏磁州窑黑釉嘟噜瓶，其造型如半截梅瓶，这类瓶子在北方草原很是流行，嘟噜瓶亦称吐鲁瓶，一说来自蒙语，又一说以瓶倒酒时发出嘟噜嘟噜声响为名。同类瓶子品种并不单一，带纹饰者并不少见。由于黑色是颜色的终端，作为底色，除刀刻竹划以外，描绘表现内容力不从心，故用其捏塑形象者亦常见。尤其瓷枕，人物牵狮枕、双狮枕都是能窥见民间利用黑釉所长的实物。

宋　黑釉嘟噜瓶
故宫博物院藏

宋　黑釉人物牵狮枕
观复博物馆藏

山西黑釉

南方的建窑之油滴，对北方烧造黑釉的窑口产生了很大影响，油滴产品在山西应该说不只一处在刻意烧造。山西怀仁窑就烧造过尺寸大于建盏的油滴大碗，其造型有收口，有撇口之分，收口为北方常见，撇口显然追摹建盏。由于油滴的烧造难度不大，易于成功，关键是总结成功经验，如法炮制。怀仁窑油滴产品在撇口碗上，明显摹制建阳窑作品，在器底露胎的地方，刻意刷上一层厚厚的深褐色，追求建盏铁胎的效果，由此判断，建盏在宋代北方的影响力依然很大。

宋　怀仁窑油滴折沿碗
观复博物馆藏

辽瓷的传统颜色主要是绿黄白，青瓷不多，但耶律羽之的墓葬出土，让人们眼界大开。其中黑釉皮囊壶，造型典型，游牧风格，产地一般解释为北方内地邢或定窑产品，好像与辽瓷成熟期的产品有着一定的差距。辽瓷与元瓷一样不尚黑，游牧民族蓝天白云，黄土绿地的，对黑怀有敬意。辽与五代共始，几与北宋同终。耶律羽之为辽开国元勋，其黑釉产品大量随葬，且体型巨大，不似实用器，这在其他辽瓷出土中并不多见，可见当时汉文化对少数民族文化的影响力。

辽代黑釉

辽　黑釉皮囊壶
内蒙古自治区赤峰市
耶律羽之墓出土

金元黑釉

　　黑釉在金元时期的民窑作品地位不高，与宋不同，看不出这一时期政权的提倡。金代文化与辽代文化比较，民族特色不足，融入汉文化可以说是金文化的无奈之举，金的统治时期与地盘都有限，陷入汉文化的强势圈子内，金文化以一种随大流的心态放任发展。黑釉扣纽高盖盒为民间日用品，但器形的微妙变化，扣纽的朴素情趣，都让黑釉增添了表现力；金代最多的黑釉产品有两类，嘟噜瓶与碗，许多碗还带有明显的白边，应该是受宋代瓷器以及漆器镶口的影响。

金　黑釉白口碗
故宫博物院藏

金　黑釉白口碗
日本藤田美术馆藏

金 黑釉凸线纹罐
河南省鹤壁市博物馆藏

金 黑釉扣纽高盖盒
观复博物馆藏

永乐黑釉

　　有明一代，景德镇统领制瓷业的江山，珠山出土的永乐时期的官窑残片意外地发现黑釉产品。黑釉产品由于元政府的厌恶，在元代不入上层社会，元人尚白、尚蓝、尚红，这三色成为元代高贵之色，而黑只在民间悄悄生息，不显山水。到了明代初年，永乐帝从战乱中休整过来，御窑厂恢复所有生产。黑釉的出现，显然不是偶一为之，而是接受了宫廷的政治任务。以御窑厂的规矩，为宫廷制做任何瓷器都不会是肆意而为。永乐黑釉，品种稀少，烧造得质量不高，传世品又不曾见，种种迹象表明，没有烧造黑釉传统的景德镇窑工们，虽身怀绝技，但亦有一技之缺。

　　明代的黑釉没有走出永乐朝，后面的彩瓷以及其他艳丽的颜色釉的迅猛发展，使得明之黑釉昙花一现便匆匆消失在历史的长河之中，如不是后世偶然发现，没人知道永乐一朝还烧造过黑釉。

明永乐　黑釉碗
景德镇珠山出土

明永乐　黑釉四方盖盒
景德镇珠山出土

明洪武　宫厨房款黑釉罐
故宫博物院藏

康
熙
乌
金
釉

清康熙　乌金釉卧犬香薰
江西省景德镇窑出土

清康熙　乌金釉描金盘口瓶
故宫博物院藏

　　康熙帝为千古一帝，他对汉文化的推崇从他的书法中即可领悟。拓本中有乌金拓，其黑如漆，闪着金属一般的光泽。可能这激发了皇帝的灵感，结果是康熙时期景德镇烧造了著名的黑釉——乌金釉。古人能将任何可能引起误解的事物换一种美好的说法，乌金本是对煤的称谓，用在黑釉瓷器上既传神又富文学性。康熙一朝的乌金釉，以质量论，达到前所未有的高度，不能仅用黑如漆的俗称描述它，这种称之为乌金釉的黑瓷，黑得深邃，黑得干净，黑得让黑不知自己黑，完全出神入化。

结语

　　黑釉瓷器在两千年的中国陶瓷的历史上，一直默默无闻。往前追溯，龙山文化、良渚文化的黑陶之黑明显是早期文明的刻意追求，渗炭技术的运用让黑陶纯黑，使陶瓷文明的颜色门类有了发轫之作。但瓷器则不然，在无意时，黑色对古人是一种无奈，从某种意义讲，摆脱这种黑暗曾是古人的目标；在有意时，古人将黑运用得游刃，让黑中生有层次，让黑作为其他一切釉色的基准线；白是起点，黑是终点。东汉以来，黑釉瓷器断断续续地在陶瓷这场大戏中露面，肩负着不可或缺的角色。正是这个小角色不经意地登场，使得中国陶瓷颜色釉大戏千百年来熠熠生辉。

朱雀桥边野草花，乌衣巷口夕阳斜。
旧时王谢堂前燕，飞入寻常百姓家。
——唐　刘禹锡　《乌衣巷》

春色满园关不住 *

青釉

上

青瓷是中国陶瓷中最庞大的家族，历史久远。宽泛一点儿说，商代已有原始青瓷现身，成为了瓷器的鼻祖。在瓷器发展的历史长征中，青瓷从率领队伍，到参与其中，一直跟随队伍，永不掉队，每一阶段都留下了自己坚实的足迹，让后人有迹可寻。

青釉的美学追求从开始就包含了泛大众因素。青色是自然界中最为悦目的颜色，不矫揉造作，不分地域地广泛存在。青色专注地反映着自然界中的勃勃生机，寒来暑往，年复一年地演绎着生命的顽强。古人在观察青色的美丽之余，赋予了青色以生命，让其在陶瓷大戏中担纲主角，领衔主唱。

早期青瓷显然是无奈之举，古人尚不能控制瓷之颜色，但自然界普遍存在的铁元素将原始瓷器不经意地染青。可以想见古人在瓷器烧造中偶得的兴奋，大自然乃造世之主，让青色为瓷器诞生，让古人为青色欢呼。

欢呼归欢呼，在漫长的瓷器生涯中，古人曾搞不懂瓷器为啥会青，久而久之，古人恐怕也不想再搞清它。原始青瓷在文明的长河中随波漂泊，从商到周，从汉到晋，直到南北朝时期早期白瓷的出现，青瓷才知一展自己的芳容，与白瓷开始了暗中较量。

原始青瓷勉强可以称之为青。其青色泛褐黄色者居多，观之色泽偏暗。但放在三千多年前的商代，这已是代表当时最先进生产力的拳头产品了。与冶炼术相比，商周青瓷远达不到商周青铜的水平，但价格低廉，取之不竭的瓷土是青铜原材料的劲敌。以最便宜的材料获得生活上的最大方便，继而获得商业上的最大利益，在这一点上，青铜又远比不了青瓷。当青铜器退出历史舞台千年之后，青瓷器仍挥舞着旌旗高歌而行。艺术永远迁就市场，市场并不创造艺术。

上海博物馆所藏原始青瓷尊，侈口长颈，深腹圈足，一副邻家女孩的模样，丝毫不像三千多年前的惊世之作。在陶瓷工艺史上，圈足是非常先进的工艺特征，唐以后才缓缓登场并逐渐完善，可此商代瓷尊，圈足外撇，周正随和，颠覆教科书，让学者瞠目。多数时候，我们不具备解释历史的能力，在历史之谜面前往往只剩下拍案惊奇。

西周至战国，青瓷除成为日用器，还成为丧葬文化中的重要一支。以瓷之造型仿青铜造型比比皆是，无论是礼器，还是乐器；无论是酒器，还是食器，青瓷闪亮登场，在缓慢发展的奴隶制社会后期，担负起庞杂的社会责任。这一现象正是社会发展的必经之路——普及社会高端产品，具有社会前行的推动力，青瓷在其原始阶段就不遗余力地身体力行。

原始青瓷

商　原始青瓷尊
上海博物馆藏

秦汉时期制陶业发达，以兵马俑为准，登上中国制陶业高峰毋庸置疑。汉时的青釉有铅陶压抑，显得不怎么风光。故宫博物院所藏双系罐，敦厚老实，施半釉，弦纹三道，其间云气飘渺，飞鸟展翅，其细线刻划体现了汉工艺的特征。以细线刻划表现其美，汉代工艺在金属、漆、玉诸方面都十分得心应手，瓷器本不适宜线刻，偶一为之，亦能收到意外效果。

宁波博物馆藏青瓷耳杯顶替漆羽觞下葬，古人饮酒显然比今人重视仪式，从耳杯中可清晰看出。南北朝之后，酒杯渐呈杯型，单手即可执杯，而羽觞必须双手执杯，可见古之饮酒的礼仪感，酒文化的衰落从耳杯的执法便能一目了然。

三国之后，釉陶偃旗息鼓，青瓷悄然崛起，最让今天学者兴奋的就是谷仓。三国谷仓之名约定俗成，它与汉代陶谷仓在外形上差别很大。汉谷仓实为粮仓之模型，三国谷仓则亭台楼阁，飞禽走兽，神仙人物，五花八门，似乎没有禁忌，也不知其表现意图，称之谷仓仅顺势而已。堆砌，是三国谷仓之灵魂，代表天上地下，神界人间。此时，青釉之色已不需表现，繁杂的内容显示那一个历史时期人物的内心所想，世俗所盼。今人的复杂思想面对两千年的复杂古物，似理屈词穷，就算有个解释，听来也是牵强，勉为其难。

西东晋南北朝的青瓷为青釉之色的被动追求涂抹上了浓重的篇章。三国始，越窑开始初具雏形，西晋青瓷已有了越窑的模样，无论质地与釉色，出落得有模有样。青瓷的品种此时目不暇给，日常用具如餐具——盉；如灯具——羊灯，如洁具——虎子，如水具——鸡头壶，如文具——蛙盂，不胜枚举。奇怪的是，动物形瓷器大量增加，野兽如熊虎，家畜如犬羊，

西汉　原始青瓷双系罐
故宫博物院藏

西晋　青釉蛙形水盂　　　　　东汉　青瓷耳杯
故宫博物院藏　　　　　　　　宁波博物馆藏

西晋　青釉熊尊
南京博物院藏

西晋　青瓷虎子
上海博物馆藏

三国吴　青釉谷仓
故宫博物院藏

东晋　青釉鸡头壶
故宫博物院藏

家禽如鸡鸭，还有鱼蛙等等，生机一派，映照着农耕民族的生活追求与乐趣；从另一方面思考，晋代高士的倜傥风流，生活中的纸醉金迷，反映到瓷器这一小小领域，亦能想像出文人雅士的癖好。跨过这一时期，瓷器再也没有机会如此大规模地表现动物器皿的乐趣。

　　这一时期除西晋有过较为短暂的统一，国家长时间的四分五裂，北方尤甚，八王之乱到五胡十六国的北方因此发展迟于南方，可见社会的安定对社会的发展多么重要。北朝的青瓷首推河北景县出土的青釉仰覆莲花尊，体积硕大，工艺繁复，北朝人以对宗教的虔诚制作此尊，明确带有佛教色彩，至此可以看出当时的佛教已深入人心。仰覆莲花尊南北方都有出土，但北方大大多于南方，证明了佛教传播的途径与流向。

北齐　青釉仰覆莲花尊
故宫博物院藏

西晋　青釉羊
故宫博物院藏

隋代青釉

天下大势，分久必合。隋朝一统江山，让几百年四分五裂的中国重归大一统。隋朝对中国封建社会突出的贡献就是确立了科举制度，学而优则仕保证国家以文人为中心转动，提供了支撑国家政治的栋梁之材。隋之后，国家不再为人才发愁，优秀的科举制度无等级无世袭地为国家输入人才，长期稳固的封建社会有赖于这样优秀的社会制度。在这个制度催生下，隋唐迅速拉开封建王朝再度辉煌的大幕。

隋青釉是一种极俗的称谓，隋至唐初乃至唐中期，华北大地到处可见这种坚实的青釉。隋青釉最常见的瘦形罐，平底，施半釉，胎土细致，器型周正，充满玻璃质感的青釉闪着晶莹的光泽。隋唐玻璃工业发达，许多产品可与今天的产品媲美。显然，玻璃产品在隋唐时期高贵雅致，隋青釉的玻璃釉就不排除偶然成功后的刻意追求。隋青釉一般仅施半釉，有的甚至连半釉都算不上，按传统解释，为工艺缺陷所致，但纵观两晋南北朝青瓷，似半釉现象反倒不如隋唐多而广；而隋之半釉不像一副没有追求的将就的样子，仔细琢磨，隋青半釉器物应为当时流行之时尚，当是有意为之。

这一现象，猜想与玻璃有关。凡隋青釉立器，半釉一般在腹径最大处分界，这与玻璃器物折光现象雷同，由于隋青釉多属玻璃釉，顺势追求一下玻璃效果，也未可知。隋之半釉，曾风靡一时，给后世留下一道难题。

唐朝北方偶见一种带有浓郁西域色彩的执壶，龙柄凤首，器身满是堆塑，胡人手之舞之，足之蹈之，波斯意味的宝相花，以及口部、颈部、足部的联珠纹，都清晰地表明隋唐王朝与西域频繁密切的文化交流。以瓷土之廉价模仿萨珊金银之高贵，

唐　青瓷凤首龙柄壶
故宫博物院藏

中国工匠与文人一道做了大胆的尝试，为我们不仅留下了中外文化交流的见证，还留下了中国人唐代的襟怀。

　　凤首龙柄壶，其凤首与中国之风格有异，少一分祥和，多一分威风；其龙柄同样有异，少一分空灵，多一分实际；堆塑工艺，大大地保留了北朝及隋以来的风尚，这种风尚，深刻地影响着初唐。也许是隋朝享国时间太短，初唐用其耐心为隋做了补充。

隋　青釉罐
观复博物馆藏

入唐后，北方瓷业白瓷占先，青瓷的半壁江山则在江南大放异彩。越窑的发展最终成就了秘色瓷。自唐中期起，秘色瓷如同美人罩上了面纱，让后人辨不清真实面容，直到法门寺塔基极为偶然的发掘，才让困扰了国人千年之秘色真相大白天下。

古越国之越窑应是以地名最早命名的窑场，唐朝人就已亲切称之。"九州风露越窑开，夺得千峰翠色来。"诗人陆龟蒙灵感突发的一句诗，传诵了千年乃是越窑的幸福。可越窑的幸福还不仅于此，茶圣陆羽将其夸奖并奉为至宝："邢窑类银，越窑类玉，邢不如越，一也；若邢窑类雪，则越窑类冰，邢不如越，二也；邢窑白而茶色丹，越瓷青而茶色绿，邢不如越，三也。"这种赞誉，在陶瓷史并不多见。陆羽以一个文人敏锐的文学感受，清晰地将玉比银，将冰比雪，高下智者自明。

白瓷在唐代科技含量大大高于青瓷，有"盈"字款的皇家百宝大盈库入选为证。但陆羽站在南方文人的立场上，以用茶为原则，抑白扬青，是他的高明之处。陆羽这番话，传播甚广，凡对陶瓷史稍有了解的人，不可能不知此句。

早期的越窑仍为青中闪黄，故宫博物院所藏执壶即为例证。唐中期之前的越窑，还没能摆脱早期青瓷的自由色系，烧造条件被动地决定着瓷器的颜色。唐中期以后，越窑质量大幅提高，明显地看出工匠对越之青已能有效地控制。

晚唐至五代，应是秘色瓷最佳时期。陕西扶风法门寺的十三件秘色瓷，"瓷秘色碗七口，内二口银棱；瓷秘色盘子叠〔碟〕子共六枚。"放在一个大盒子内，各个与当年置藏时的《衣物账》吻合。只一件单放在门口，是个八棱瓶，与秘色瓷比较，无论胎质还是釉色，与记录在案的十三件无异，亦为秘色。唐人严

越窑·秘色瓷

71

唐　秘色瓷八棱瓶
故宫博物院藏

唐　越窑执壶
故宫博物院藏

唐　越窑盏及盏托
观复博物馆藏

五代　越窑花卉纹粉盒
观复博物馆藏

谨的工作态度，使我们不再漫无目的地寻找，而是将秘色瓷的标准色印在脑中，把困惑了许久的秘色从世界各个博物馆中剥离，重新展现人间。故宫博物院庋藏类似秘色净瓶三件，借此亦真相揭晓。法门寺的出土盛况已过去二十余年，可每当想起揭秘秘色之时，谁能安若泰山，不怦然心动呢！

秘色瓷由于高贵，由于工艺先进保密，便成了唐朝皇亲贵戚专用瓷器。"巧剜明月染春水，轻旋薄冰盛绿云"〔徐夤《贡余秘色茶盏》〕。这一泓绿水曾在唐朝人眼前荡漾，千年后又在我们心中荡漾；感受秘色之青，方知青色之千变万化，可融人为于自然之中，亦可融自然于人为之中，巧夺天工。

唐　秘色瓷花口碗
法门寺博物馆藏

柴窑

柴窑自明初以来，为陶瓷学者、藏家津津乐道。一句"雨过天青云破处，者〔这〕般颜色做将来"，给了后人无限遐想。后周柴世宗皇帝是否有此御批，令人生疑。明代话本小说中"拿将过来"、"打将过去"俯拾皆是，这诗句分明闪烁出明代人的句式风格。况且文出《五杂组》，谢肇淛为明朝人，说得也模糊："世传柴世宗时烧造，所司请其色，御批云：雨过天青云破处，者〔这〕般颜色做将来。"且不说后周烧瓷技术尚不能做到控制瓷色游刃有余，"请其色"也不符合当时的工艺流程。

明代以后，文献上的"青如天，明如镜，薄如纸，声如磬"的描述，把个柴窑奉若神明，学者也好，藏家也罢，都殷切盼望柴窑有一天真相浮出水面，相信这些记载不是以讹传讹。

柴窑若历史上真有，理应青瓷无疑。明初曹昭的《格古要论》记载最详："柴窑：出北地，世传柴世宗时烧者，故谓之柴窑。天青色，滋润细媚，有细文多，足粗黄土，近世少见。"此段记载要素齐全，产地、缘由、起名、色泽、品质、形态、情景，应有尽有；只是后人因物不对名，如坠五里雾中，加之曹昭距五代后周亦有四百年光景，不排除曹昭著书时推测或道听途说。曹昭以后的文献，大同小异，明眼人一看就知有抄袭之嫌，并无新意。

宋代五大名窑起源说法，柴窑一直尊为老大。《清秘藏》〔明 张敛〕之柴汝官哥定；《博物要览》〔明 高濂〕之柴汝官哥；《瓶花谱》〔明 张谦德〕之柴汝官哥定；《骨董十三说》〔明 董其昌〕之柴汝官哥定，凡明以来，柴窑老大地位未曾撼动，只是不识庐山真面目，久而久之，柴窑化神，不见实物，五大名窑遂以钧代柴，保持"五大"光荣传统。

柴窑化神淡出藏家视野，但学者们仍苦苦追寻。唐宋名窑，皆以产地命名，如唐之越窑、邢窑；宋之汝窑、定窑；为何独独"柴窑"一反此命名系统，以柴世宗姓氏命名？莫非产地有奇？曹昭说柴窑"出北地"，以现今理解，黄河或长江以北皆可称"北地"；更有学者站在粤地望北，推测景德镇亦可称"北地"。明代有个不求甚解的学者叫王佐，增补《格古要论》时，好事地将"北地"后面缀上河南郑州，想当然地将柴世宗的领地添补上，给后世造成很大麻烦。

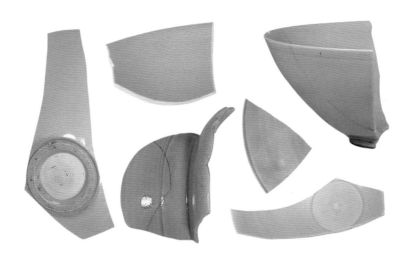

五代　耀州窑残片
西安城区出土

五代　耀州窑青釉盏
观复博物馆藏

如细心查一下历史，即可恍然。战国开始设"北地郡"，一直沿用至东汉，地域在今甘肃灵武一带，三国魏迁北地至今陕西耀县，史称北地，又称泥阳、华原，至唐末改为耀州。"北地"称谓沿用了近1400年，唐末改郡为州，以致我们至今只熟悉耀州窑、磁州窑等等。

如"北地"一词不再争议，柴窑出五代耀州则顺理成章。其他任何文字描述都能与其吻合，"青如天，明如镜，薄如纸，声如磬"，这些文学描述不必科学地论证，如不如天，如不如镜，如不如纸，如不如磬，以近年出土面世五代耀州窑精品，无论残片还是整器，让柴窑的面目更加清晰，让其历史终于趋向于真实。

五代耀州窑过去认识模糊，南宋陆游记载与之不利："耀州窑青瓷器，谓之越器，似以其类余姚县秘色也。然极粗朴不佳，惟食肆以其耐久多用之"〔《老学庵笔记》〕。陆游站在南方人的立场上，对耀州窑出言不恭，文人的狭隘历史上并不罕见。或许陆游没有见过耀州窑精品，他距五代亦有二百年之久，而耀州青瓷在北宋之后风格质量变化很大，那种薄如纸的产品不再生产，原因恐怕简单，就是易碎，在市场缺乏竞争力。

看得见五代耀州青瓷不见得能看明白"雨过天青云破处"，每个人心目中的文学形象都有所不同，描绘"雨过天青"的柴窑不过是文人笔下的优美意象，不是科学的纪录片，没必要生搬硬套。最需要说明的是，五代耀州青瓷是当时北方人有史以来见过的最漂亮的青瓷，那时美丽的宋瓷尚未出世。

　　耀州窑的经典印象是大刀阔斧，浓绿一片。耀州窑虽有素器，但不以素器见长。尤其北宋之耀州青瓷，入刀犀利，连风带雨，刀刀见泥。玩笑言是见过西北刀削面就可领略制作耀州青瓷的风采。以颜色论，北宋耀州青瓷之绿最为凝重，宁静致远，深沉明志。北方人的性格特点、文化态度暴露无疑，毫不掩饰。黄河远上，大漠孤烟，北方之绿来不及嫩，来不及娇；来不及妩媚，来不及讨好；就要绿得完全，绿得彻底，绿得让北方人不再犹豫这绿，捧在手中享受这充满生命特征的生活。

　　耀州窑之绿色，非退回千年之北方不能深刻理解；耀州窑之刀法，非了解西北之风情不能感受奥妙；北方文化与南方文化虽同祖同宗，但差异明显，形成有因。这个因集结了地域、气候、环境等客观条件，集结了文化、习俗、秉性等主观要素，展现在我们面前的不过是个果。凡事一定都有因果。

宋　耀州窑矮梅瓶
故宫博物院藏

五代　耀州窑执壶（东窑）
美国波士顿博物馆藏

五代　耀州窑刻花提梁倒流壶
陕西历史博物馆藏

宋　耀州窑花口尊
观复博物馆藏

金　耀州窑月白釉钵
观复博物馆藏

五代耀州窑除素器都以铲地凸花为追求，费工费力，对技术要求也高，陕西省历史博物馆著名的倒流壶即为范例，还有一类过去称之为"东窑"的执壶，铲去多余地子，凸出纹饰，虽很漂亮，不过昙花一现，成本过高是其工艺短暂的根本原因。商品的竞争不是今天激烈，历史上已然激烈。

北宋耀州窑则变得聪明，不再铲地，仅剔出纹饰，效率大幅度提高，以适应市场。故宫博物院所藏北宋翻口矮梅瓶，为北宋时期耀州青瓷的巅峰之作，缠枝环绕的硕大牡丹传递出富贵之气，配合丰满端庄的造型，让人知道什么叫匹配。

金人南侵，耀州窑未能幸免。度过一段兵荒马乱时光之后，耀州窑青瓷元气大伤，首先是色泽衰退，深沉凝重的橄榄色被姜黄、月白替代，从此再没机会回头。月白色的金代耀州窑如闷热暑夏中的一缕清风，让心烦意乱的北人获得一丝清凉。我们的民族无论多困难都能为我们自己的文化做出解释：美丽的月白色，透着清凉，透着美丽，透着安慰，还透着民族不经意的文化尊严。

应怜屐齿印苍苔，小扣柴扉久不开。
春色满园关不住，一枝红杏出墙来。

——南宋 叶绍翁 《游园不值》

雨足郊原草木柔*

青釉

下

龙泉窑

龙泉青瓷生长于人迹罕至的深山之中，早期文献记载不多，语焉不详，大有"养在深闺人未识"的意思。宋人庄季裕的《鸡肋编》中记载："处州龙泉县……又出青瓷器，谓之秘色，钱氏所贡，盖取于此"，以其昏昏，使人昭昭，没有谁比庄氏更为典型了。

龙泉自宋虽隶属处州，但没叫处州窑，与景德镇窑未叫饶州窑近同。龙泉为县制，比景德镇行政还高一层，两处名窑的相同之处是同为山区，临水而设。龙泉窑历史悠久，始于南朝，终于清代，但两头势弱，仅在南宋至元明之际风光无限。尤其南宋龙泉挟宋室便利，成为南宋财政重要的经济来源，促使长期发展缓慢的龙泉青瓷突飞猛进，让世人刮目相看。

靖康之耻后，宋室南渡，政治中心顺势南移，丰饶的江南环境催生瓷业发展，龙泉与景德镇，在南宋时期都进入高速发展的轨道；而北方由于金人的侵扰，北宋重要窑场的产品都不同程度地退步，大窑场衰退，小窑场孳生，金代北方的陶瓷生产有点儿散兵游勇的状态。

北方的耀州窑因此衰退了，南方的越窑莫名其妙地也衰退了，唐及五代至北宋以来的南北两大青瓷系统此时都顶不住龙泉青瓷的天时地利人和。南宋人一直因循守旧，将北宋"靖康之耻"铭刻在心，将祖宗的一切都尽可能地保留，江南的"暖风熏得游人醉"啊，无人不想把杭州当作汴州。徽宗先帝的喜好，就是子孙们的追求。所以陆游说故都，叶寘也说本朝定器不堪用，遂命汝州造青瓷……

接过北宋青瓷的班，南宋龙泉青瓷一反越窑、耀州窑之深沉，以亮丽养眼的梅子青粉墨登场。江南山青水秀，一方水土

南宋　龙泉窑粉青贯耳瓶
故宫博物院藏

南宋　龙泉窑琮式瓶
故宫博物院藏

养一方人，本来还在追求越窑效果的龙泉，突然茅塞顿开，撇开深沉，追求柔婉，将青色分出层次，形成等级。故宫博物院所藏龙泉粉青贯耳瓶，色泽匀称，赏心悦目，原为清宫旧藏，出身高贵，理应被乾隆皇帝把玩过。另件琮式瓶，造型为南宋所创，流行一时，当时也是为了应付祭祀之风。瓷器圆易方难，琮式瓶知难而上，可见动力之大。

南宋的梅子青实际上与青梅本色并不同，它重嫩不重青，青梅之青还在绿色中游荡，梅子青之青已渐渐向蓝色靠拢。其实，梅子青并未想彻底摆脱宋以来的传统，还是在传统青色中做文章，让蓝色调揉进青色调，让蓝欲言又止，一副羞羞答答的模样，正是这副羞涩，给了文人充分想像，文人赋予它梅子青之名，想必源于"青梅竹马"。四川遂宁金鱼村窖藏出土的荷叶纹盖罐，过去认为此类造型为元代之典型，但此罐无争议地将历史拉升至南宋。此罐器型饱满壮硕，通体不饰一刀，以颜色说话，让后人领略梅子青，领略以简胜繁。

龙泉也注意刻划，刀法与耀州的粗犷有异，与越窑的细致有别；江湖上各派别的刀剑之法自古就各有所长，形成门派。

南宋　龙泉窑青釉荷叶盖罐
四川遂宁金鱼村窖藏出土

南宋　龙泉窑莲瓣碗
观复博物馆藏

北宋　龙泉窑五管瓶
故宫博物院藏

南宋　龙泉窑凤耳盘口尊
观复博物馆藏

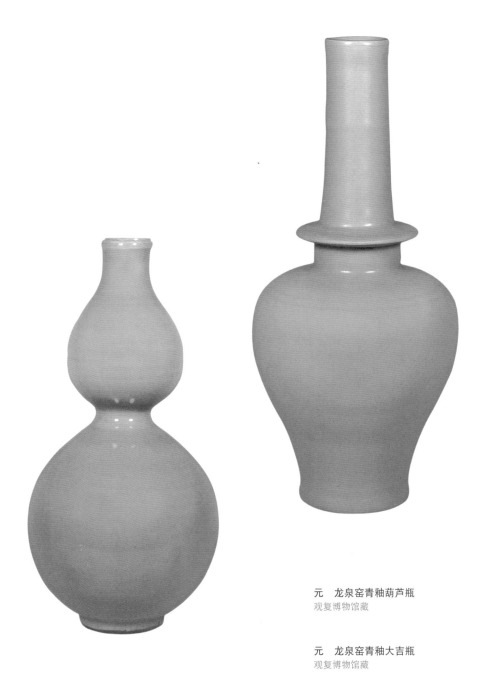

元　龙泉窑青釉葫芦瓶
观复博物馆藏

元　龙泉窑青釉大吉瓶
观复博物馆藏

北宋龙泉流行篦纹，其篦纹规整细致，一丝不苟。对照耀州窑的篦纹，忽然发现龙泉之篦纹乃真篦为之，而耀州之篦大部分为追求篦纹效果，一刀一刀地划出。南方人的灵秀在篦纹装饰上也充分体现，工于算计；而北方人的实在一遇篦纹竟不屑这雕虫小技，宁愿刀刀见泥。故宫博物院藏龙泉五管瓶为北宋典型器物，其功能至今是谜，推测种种，无一可让人信服。

龙泉窑北宋南宋釉色变化极大，由于地域和文化的差异，又由于统治者偏安一隅，釉色向温润的色泽转化；梅子青的出现甚至抛弃了过去龙泉传统刀法，不见篦纹，以含蓄的隐起成为流行新风。龙泉窑莲瓣碗为其风格代表，莲瓣中脊清晰但不犀利，刀法明确却十分收敛；南宋梅子青已收起了北宋长刀短剑，没了杀气，纹饰让位于色泽，成为可有可无的陪衬。

进入元代，龙泉之青色离文人越来越远，渐渐回到原先的队伍之中。蒙元的铁骑分不清青色之差异，也不需这么多讲究。南宋以来建立的龙泉青瓷釉色体系，在元文化的粗枝大叶下，蒙上了一层阴影。阴影下看任何颜色都会变得深暗。元人崇尚白色、蓝色，青色遂成为鸡肋，整个元朝舞台上，龙泉青瓷沦为陪衬，默默站在舞台边上跑龙套，只能偶尔施展一下歌喉。这一时期，有些独特造型出世——大吉瓶、葫芦瓶，充满了道家韵味。青瓷之色乃道家吉祥色，清极遁世，静为依归。道教虽为正宗本土宗教，但多少年以来都是实用主义的，时而兴盛，时而放任，元代的龙泉青瓷罩在葫芦瓶上，颇显实用，成为范例。

龙泉之青，走了一个轮回。北宋之青呈真绿色，绿得正宗；到了南宋，粉青和梅子青将其青色大大美化，与生活拉开了距离，距离产生美；进入元朝，龙泉又渐渐回头，由青变绿，越来越绿，让绿最终成为足色。凡事走到头了，也就该歇了。

至少从唐代起，至清中晚期的 19 世纪止，中国瓷器一直是国家的重要经济来源。每个时期的瓷器名品都充当过"换汇"的角色，1975 年，韩国渔民偶然在新安海域发现一艘中国元代沉船，之后八年，陆续打捞出 17000 多件瓷器，其中龙泉青瓷超过一半，器形多样，上推南宋风范，下领明代造型。这艘 14 世纪的商船如不沉没，我们就不能详知这段坚实的商贸史。古人就是这样，坚韧不拔，前仆后继，任何惊涛骇浪都不能阻止发财的梦想，一船接一船地将中国瓷器发往世界各地。

当龙泉青瓷在 16 世纪登陆法兰西时，上流社会正在风靡一出歌剧《牧羊女》，男主人公叫塞拉同〔Céladon〕，身着一件青布长衫，法国上流社会的绅士们用其色比喻龙泉青瓷，主要原因是龙泉瓷的青色美不胜收，非"塞拉同"无法描绘。

历史总是在误会中行进的。龙泉青瓷乃至中国青瓷的外文名字至今还叫塞拉同〔Céladon〕，本与瓷器无关；龙泉青瓷之美，由豆青色到梅子青到粉青再回到豆青色，走了几百年，由宋到明，应该说龙泉之青也是在误会中行进，工匠偶尔烧成的青色，被统治者欣赏，被文人推崇，随即成了它前行的目标。目标在长途跋涉中一次次地改变，不变的是龙泉青瓷的本质，犹如我们古老民族执著的文化精神。

明初龙泉过去少有提及，许多今天很容易确认的明初龙泉大器，过去一律被公认为元代之物，这有点儿历史原因。龙泉大器造型很久以来总是参考景德镇窑器，元代青花大盘等给后人印象强烈，所以龙泉类似造型产品顺势就被归为元代；旧的认识认为明代以来龙泉窑急剧衰退，不可能再烧造如此精美的大器，加之又少见文献记载，龙泉窑最后的辉煌就被淹没在历史的长河之中。

洪武二十六年〔1393年〕，宫廷要求"凡烧造供用器皿等物，须要定夺制样，计算人工物料；如果数多，起取人匠赴京，置窑兴工，或数少，行移饶处等府烧造。"朱元璋贫苦出身，显然斤斤计较烧窑这等耗财之事，他虽在位31年，但一直强调节俭，未在官窑制度上大下工夫，饶州〔景德镇〕、处州〔龙泉〕皆为其服务，随意性很强。把饶处两州同期瓷器横向比较，风格特点一目了然。大盘、墩碗、执壶、玉壶春瓶等造型两者同出一辙，甚至纹样都一致。显然，宫廷的"定夺制样"把握住了官窑全局，让我们有机会寻着这一思路看清这一段历史。

故宫博物院藏龙泉缠枝纹玉壶春瓶与另件洪武釉里红玉壶春瓶从纹饰到造型，甚至尺寸都几近一样；龙泉划花执壶与另件永乐青花折枝花果纹执壶异曲同工；在全世界范围之内比较一下，这类龙泉与同期青花或釉里红总是存在亲戚关系，这层说不清的关系实际上就是大明早期宫廷的血缘；可惜龙泉这贵族的血统在度过明正统、景泰、天顺三朝的黑暗期后，无奈出局。明成化元年〔1465年〕，皇帝下诏："江西饶州府，浙江处州府，见差内官在役烧造磁器，诏书到日，除已烧完者，照数起解，未完者悉皆停止，差委官员即便回京，违者罪之。"

明洪武　釉里红缠枝莲纹玉壶春瓶
故宫博物院藏

明初　龙泉窑缠枝花卉纹玉壶春瓶
故宫博物院藏

饶州〔景德镇〕窑由于品种多而全，迅速恢复官窑烧造，成化开斗彩之先河，深得皇帝与万贵妃喜爱；而处州〔龙泉〕窑却没了出头之日，宫廷不再垂青，龙泉窑至此像一个被轰出家门的孩子，流落街头，一蹶不振。

　　细细一想，青釉在明代迅速萎缩也顺理成章，宋元以来，青釉几百年来都独占鳌头，宫廷民间都使用青釉，难免发生审美疲劳。人类的习性就是喜新厌旧，当景德镇"俗且甚"〔曹昭语〕的青花、釉里红、五彩、单色釉等相继问世以后，青釉就显出了老态。整个一个明朝，除明初还有青釉一席之地，后二百多年，实难觅其芳踪。

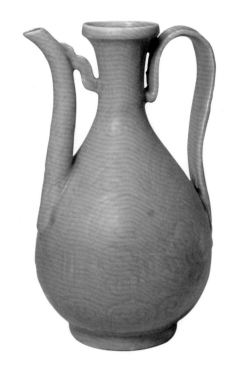

明永乐　青花折枝花果纹执壶
故宫博物院藏

明初　龙泉窑划花执壶
故宫博物院藏

明代青釉

青釉进入明代忽如悬崖跌水，作出告别之势。景德镇陶瓷业的兴盛，让宋元以来的主流青瓷逐渐退隐江湖。龙泉青瓷在明初以官窑形式昙花一现，景德镇明清健全的官窑制度让瓷器演绎得丰富多彩，在世俗的审美推动下，青瓷做了谢幕前的演出。

永乐青釉称之为翠青，故宫博物院有清宫旧藏的三系盖罐，器形饱满，釉色莹润，玻璃质感强。由于无款识，这类青釉非常容易与清代盛世的青釉混淆。在传统认识中，永乐名釉中也少有人提及青釉，由此可见青釉地位在入明之后急剧下降；景德镇永乐官窑出土情况也证明了这一点，青釉出土数量微乎其微。

可以看出，景德镇青釉从未成为主流产品，明显受龙泉影响，或者说仅是在仿龙泉青瓷。无奈是景德镇的高岭土过于优质，洁白细腻，让长久以来重釉不重胎的龙泉青瓷变了一副模样，仿龙泉没有追求形似，连神似也算不上，只能算是一个提示，让景德镇的瓷工偶尔过一把青瓷瘾。

故宫博物院藏明嘉靖仿龙泉直颈瓶，圆腹粗颈，造型古拙，暗刻阴线花纹，一副爱搭不理的模样，看不出工匠的意图，似在努力完成一个根本不想完成的任务。纹饰看不出与谁有关，有点儿生不逢时的感觉。此瓶在明朝晚期一副孤苦伶仃的模样，难为了它也难为了工匠。

进入明朝，青花和彩瓷的异军突起，压抑得色釉抬不起头来；色釉中的红釉、白釉、蓝釉都算是新一代产品，不经意中也打压了老一代产品青釉；即使青釉在永乐宣德烧制得再成功，也很难提起看惯了青瓷的古人兴趣。在双重压力下，青釉渐渐淡出了明代舞台。有明一代，景德镇官窑青釉在宫廷陈设和使用中寥若晨星，直至清代才恢复应有的地位。

明嘉靖　仿龙泉窑暗花直颈瓶
故宫博物院藏

明永乐　青釉三系盖罐
故宫博物院藏

清代青釉

　　康熙大帝的励精图治不仅仅反映在治国的方略上，连烧瓷这等琐事亦有上佳表现。清代的景德镇瓷业的兴盛自康熙朝始，皇帝的爱好以及不倦的孜孜以求，让许多失传或近乎失传的技艺再现。在众多的色釉中，青、红两色以重振旗鼓的态势占据康熙色釉的舞台，并深刻地影响了清朝中前期的官窑品种，使青红两色变幻出无尽的品种。

　　清代青釉，按色差由深及浅，可分为豆青、东青、粉青三个等级。这三者之间没有明显的界限，尤其没有理论性的分界线，全凭感觉判断，在豆青与东青、东青与粉青的临界点上，没有办法科学地表达二者之间的命名差异，只好凭个人感觉判断，也不会有对错。

　　实际上清代青釉还是有主观追求的。康、雍、乾三朝相比，康熙朝的豆青釉较雍、乾多，猜测原因还是江山未稳，武力使用频繁之故。绿就要绿得透彻，不妥协，不犹豫，与北宋耀州青瓷状况背景相同，这是一种相似的心态，就很容易出现相似的结果。故宫博物院藏豆青釉马蹄尊水盂，虽小巧但厚重，虽青色但深沉，表达上述意图清晰。

　　东青釉亦写作冬青釉，清代青釉中的大宗产品，上有豆青釉，下有粉青釉，其数量均不能与之比肩。康熙晚期景德镇青釉的恢复烧造已炉火纯青，产品官民共享，无论素器还是刻划有花，青釉像久旱逢甘霖的草原，彰显生机。

　　康熙的海水龙纹莱菔尊，纹饰安排在底部，仅占全器三分之一，龙腾出海水，一爪擎天，反映大清王朝初期的宏图大略之时，仍不忘艺术的表现，给青釉展现一块纯静颜色之地；雍正的鱼篓尊，仿竹篾编织效果一丝不苟，施青釉均匀干净，不

强调釉色应与竹器近同，注重内在表现力，让青釉在竹底上表现，大胆新奇，让人过目不忘；乾隆的绳纹壶，追逐汉意，将流行于战国到汉青铜器上的绳纹简化、美化，出神入化，让瓷之硬与绳之软结合，让生活与艺术结合，让历史与现实结合，让我们欣赏了中国瓷器的另一种神奇。

粉青是一种妩媚的感觉，背离了青釉的初衷，应是好事者刻意为之。正是好事者的行为，让我们领略了艺术的另一层面。在青与白之间，暧昧地表达青，正是粉青的高明之处。理论上讲，艺术表达切记暧昧，表达一定要明确，暧昧本是艺术表达内容时的致命缺陷，可中国工匠偶尔烧成这一品种，立刻被酸腐文人推至极限，称为粉青。一个"粉"字，将不可能变得可能，将青色装扮得羞羞答答，为青釉的漫长历史画上了舒缓的最后一笔，充满诗意。

清康熙　青釉马蹄尊水盂
故宫博物院藏

清雍正　青釉鱼篓尊
故宫博物院藏

清乾隆　青釉绳纹壶
故宫博物院藏

粉青雍正一朝多，显然应是雍正帝的最爱。雍正美人肩盖瓶，造型前无古人，后无来者，用性感称之不恭，不用性感又乏词描述；古人对美女的审美最高标准是蜂腰猿背，此瓶即能说明此问题。久观此瓶，造型只决定一半艺术感受，颜色之淡雅可以决定着另一半艺术感受；艺术上多数事情说不清，把一个感受拆分两块，才知这如肌肤的粉青魅力。乾隆暗花交泰瓶，为督陶官唐英呕心沥血之作，以博乾隆帝一粲。《易经》谓之天地交泰，时运亨通。唐英将其图解为此式，也难为了他老人家；青瓷至唐英手下，已经不再是原始青瓷的无奈，而是得心应手的技能。可惜青釉的历史至此已告终结，不论嘉庆、道光之后再有多少青瓷器问世，那不过是秋霜掠过的片片残叶，日落西山的一抹余晖。

清康熙　青釉海水龙纹莱菔尊
故宫博物院藏

清雍正　青釉美人肩盖瓶
故宫博物院藏

清乾隆　青釉印花云龙海水纹天球瓶
故宫博物院藏

结语

　　颜色上升为艺术的表现手段是古人在不自觉中完成的。当古人发现瓷器不仅仅是使用的器皿时，艺术的魅力就从中闪现了出来。在自然的混沌中，一缕青翠常使人赏心悦目，这种觉醒就是青瓷艺术的先驱。

　　我们今天已深知青瓷的魅力，也知长江南、黄河北青瓷的各个名窑。越州窑、耀州窑、龙泉窑，都在漫长的历史长河中曾经称雄一方。越州窑在唐代"南青北白"的局面中撑住半壁江山；而耀州窑，凸显着西北人粗犷的性格，深沉不事张扬；至于龙泉窑以其肥腴秾艳，宋元明的几百年中，由中国南部的大山中源源不断地执着走出。

清乾隆　青釉暗花交泰瓶
故宫博物院藏

青瓷的重要性在于：是中国陶瓷发展史的必由之路。是陶瓷的青春期，散发着青春的气息，洋溢着来自于内部的诱惑。使陶瓷充满了表现力，使表现力充满了张力，使张力充满了诱惑力，使诱惑力变成艺术和市场的魅力。

这个魅力在唐至两宋，统领江山。从科学意义上讲，宋代五大名窑除定窑外，汝、官、哥、钧都属青瓷，只是青出于蓝而胜于蓝。还有那些个相传千年的秘色瓷、柴窑，仅名称就能演绎一部神奇的故事。

从唐代起，文人骚客极尽能事描绘青瓷，清人蓝浦在《景德镇陶录》中转引《爱日堂抄》，算是对青瓷做了总结：自古陶重青品。晋曰缥瓷，唐曰千峰翠色，柴周曰雨过天青，吴越曰秘色，其后宋器虽具诸色，而汝瓷在宋烧者淡青色，官窑、哥窑以粉青为上，东窑、龙泉其色皆青，至明而秘色始绝。

"自古陶重青品"。深沉、优雅、含蓄是青瓷美学的境界。这样高的陶瓷美学境界在今天看来仍是不可企及的高度，单用一个色彩作为表现手段，青瓷在古往今来的各色瓷器中无疑是魁首。

佳节清明桃李笑，野田荒冢只生愁。
雷惊天地龙蛇蛰，**雨足郊原草木柔。**
人乞祭余骄妾妇，士甘焚死不公侯。
贤愚千载知谁是，满眼蓬蒿共一丘。

——宋 黄庭坚 《清明》

玉碗盛来琥珀光 *

釉

我们有理由怀疑酱釉的产生确实受漆器的影响，否则无法解释在素漆流行的宋代多数名窑都烧过酱釉作品。这不能说是巧合，唐代瓷器工艺发达完善，却没有烧出一件纯正的酱釉瓷器，而漆器在历史上地位一直优越；尤其在丰衣足食、物阜民丰的宋代，素漆作为常用餐具凸显贵族化倾向，这个倾向在日本甚至延续至今。漆器的成本一向大大高于瓷器，材料的来源艰辛并受到限制。西汉《盐铁论》有"一杯棬用百人之力，一屏风就万人之功，其为害亦多矣"的说法，从侧面说明了制漆成本远远大于制瓷成本。当生活用具成为商品，以低廉仿高贵是个再普遍不过的现象，尤其在商业发达的宋代，以瓷之成本仿漆之效果是酱釉瓷器取悦市场的手法，也不外乎一条生存捷径。

酱釉的美学追求所包含的内容多是精神层面的，漆之色泽不仅代表一种深沉的高贵，更多的是一种身份的象征。漆的身份用另一种不相关的物质表现，至少说明两个方面：物质方面，尽可能地将其普及至上流社会，并影响大众；精神方面，展现陶瓷表现力的多能与开拓。

没有证据或逻辑证明汉唐以前的酱釉是刻意追求的结果。我们所说的酱釉是赭石色系为主的乳浊釉，这种色泽，在瓷器上天然形成的概率很小，它的呈色原理一度高深，不去刻意追求很难成功呈色。尽管酱釉的呈色剂与黑釉的呈色剂没有本质的区别，但烧造的难度明显增高。

严格意义的酱釉在宋以前未见实物，至于汉唐之际类似酱釉的瓷器多数是偶然生成之作，呈色不美。浙江省博物馆藏东汉褐釉印纹罐，沿袭浙江早期青瓷粗朴的施釉方法，对色泽不施控制，大量暗褐色的酱釉类似作品充斥，不见追求。这件作品在褐釉作品中少见的呈酱黄色，与后来的纯正酱釉虽有很远的距离，但不失一个先行的样板。这种几何形印纹的早期陶瓷，在浙江出土最多，显然其装饰风格受早期印纹陶的影响。

进入三国时期，陶瓷依然是青瓷的天下，偶有褐釉问世。江西省博物馆所藏三国褐釉六系罐，褐釉偏黄，积釉点多，为早期南方褐釉的普遍现象。由于积釉问题，褐釉不受市场欢迎。当时的人，还没能将积釉问题上升至美学欣赏，还不能变缺陷为缺陷美，如哥釉的审美那般化腐朽为神奇。

西东晋南北朝与汉魏情况近同，褐釉越发少见。入唐之后，一个现象明显而又奇怪，唐代黑釉瓷器数量急剧增加，品种从实用到艺术应有尽有，尤其北方大地，随处可见。在唐代南青北白的大布局中，显得一枝独秀。这种现象已不能用偶然解释，明显地显露出制造者的追求，黑釉在唐，地位虽不显赫，但它一直兢兢业业，保留了相当一片天地。

而褐釉，搜寻它的踪迹需要耐心。江西省博物馆藏唐褐釉双管多足砚，与辟雍砚相似，仅多出两个收口小罐，用途不详。

汉唐酱釉

东汉　褐釉印纹罐
浙江省博物馆藏

三国　褐釉六系罐
江西省博物馆藏

唐　长沙窑褐釉瓜棱瓶
湖南省博物馆藏

唐　褐釉双管多足砚
江西省博物馆藏

按一般推测，此为插笔所用，但细思之，插笔似不妥，若插笔，一孔足够，双孔亦为多余。这类辟雍砚，褐釉常有所见，为洪州窑产品。洪州窑产品在茶圣陆羽的《茶经》中排位不高，居最后，可见唐时地位低下。辟雍作砚，形制古拙，名称亦古。辟雍为古之太学，四面环水，故砚用其形取其名，意义深远。

唐代长沙窑、邛崃窑有共同之处，装饰风格异曲同工。两窑均见单色褐釉装饰，只是颜色不甚美丽。湖南省博物馆所藏唐长沙窑褐釉瓜棱执壶，一反长沙窑普遍褐斑装饰风格，以素面朝天，明显有意为之；其褐色深暗，不讨人喜欢，这也可能就是此类单色褐釉长沙窑不多见的原因。市场是需要讨好的，任何走向市场的产品，一定要迎合或暗合大众需求，没有人会违背心愿采用不喜欢的用品。

汉唐以来，褐釉或曰酱釉从未风行，褐釉在青釉与黑釉之间徘徊，像个多余的孩子，手脚轻重都不是。从某种意义上讲，唐之前无论有意还是无意出现的褐釉，都与宋之后的酱釉有着天壤之别，都未被主流社会正眼相看。所有烧过褐釉的窑口，也都不是专门烧造此类型釉色的专窑，甚至自己的追求方向并不在于此；正因为如此，宋代迅速崛起的酱釉，以其独特的文化自尊，在陶瓷装饰色中异军突起。

紫定·红定·酱釉·柿釉

紫定的名气明代以后日隆，源于曹昭的《格古要论》。但紫定之紫褐色，长期困扰学者行家，按国人常规理解紫色乃葡萄之色，与目前认定的紫定之紫有天壤之别。以颜色论，紫定乃酱釉，在日本称之为柿釉，乍一听日本定名似乎准确，仔细一想，柿釉与柿之色亦有很大差别。

北宋邵伯温的记载明确，称之"定州红瓷器"〔《闻见录》〕，所述故事细节生动，情节铺张，为几件定州红瓷使一向温和的宋仁宗大怒，想必定州红瓷当时一定贵重。此事应当确凿，以北宋理学家邵雍之子、西京教授的身份，邵伯温著作等身，笔下坚实，所记之事不会游离太远。

随后南宋的周辉亦有"比之定州红瓷器尤鲜明"〔《清波杂志》〕的感慨；又随后宋末元初的学者周密也写下"金花定碗"〔《癸辛杂识》〕工艺流程，尽管判断"永不复脱"有误，但不妨碍金花定碗为后世所识。

传统说法宋五大名窑中，定窑年份最早，五代时已具风行之势，加之北宋的邵氏记载，按今天常见说法的"紫定"一定捷足先登，敲开了酱釉这扇久闭的大门。这时候的酱釉与汉唐偶然出现色泽色系随意的酱釉，从根本上有所区别。宋之酱釉与汉唐酱釉的区别在于精神层面，前者是主观追求，后者是客观无奈；在汉唐之际漫长的几百年中，酱釉可有可无，而宋之酱釉则大不同，它以一种极为特殊的身份闪亮登场。

中国漆器的发展至晚唐及北宋面目有所改观，素漆全速发展并在上流社会流行，一改唐代华丽之风。宋漆器制作地点散见宋之国土：河北定州、湖北襄州、江苏江宁、浙江杭州、浙江温州等地，都是漆器生产的中心，保存至今的许多实物无可

宋　紫定长颈瓶
观复博物馆藏

宋　紫定葵瓣盘
故宫博物院藏

北宋　花瓣式漆盘
湖北省博物馆藏

北宋　定窑酱釉描金牡丹纹碗
日本东京国立博物馆藏

争议地来自这些产地。

河北定州除生产定窑器，还生产漆器，这是一条推测紫定产生缘由的可喜线索。瓷器追摹漆器效果，在宋代定州应为定局。中国古代工艺相互影响是中国艺术大放异彩的途径之一，就瓷器而言，仿金属器〔包括金银器〕，仿漆器，仿木质器，仿石质器，仿皮囊器，凡其他材质容器，瓷器都愿以己一抔土历炼烈火，脱胎换骨，跻身高贵容器队列。

紫定〔当时可能称为红定〕粉墨登场，一亮相带来的气息就与众不同，青、白、黑三色瓷釉早已让古人见怪不怪，在红釉尚未问世的宋代，将赭石色称之为红是古人对红釉瓷器的向往，不是误读。而这一向往，在日后很快就成为了现实。

故宫博物院所藏紫定葵瓣盘呈六瓣造型，与当时的漆器造型雷同，这类造型源于唐至五代的金属器造型，被北宋漆器与瓷器同时接受。工艺上花瓣形变化在这一时期广泛使用，不经意地传达出宋人的生活哲学：强调细节，注重情趣；即便是生活器皿，也要凭添一份乐趣。

江苏镇江博物馆藏紫定小口瓶是宋代典型造型，为梅瓶缩矮版。这类矮型梅瓶尚不能确定为当时的陈设品，但它与常见的瘦高型梅瓶在盛酒这一用途上应有高下之分，标准的瘦高型梅瓶写不写"清沽美酒"、"醉乡酒海"都应是大众类酒瓶，而矮型梅瓶即便盛酒也应是升级版。紫定矮梅瓶及与此相同类型的其他品种，可否推测为宋代商品的精品包装？

日本东京国立博物馆中的著名紫定描金牡丹纹碗，彰显金贵。除客观印证了周密的"金花定碗"记录，还将宋代漆器开始描金的信息一并传达。宋代单色漆器为加强变化,强调身份,开始了描金、戗金工艺，让贵重更加贵重。作为北宋前期的定窑白瓷，亦有描金之作，但总体效果不如紫定描金醒目，顺理成章。尽管东京国立博物馆的这只紫定描金碗的金彩脱落不少，但仍可以看出它颇为出众的一代风华。

宋　紫定小口瓶
江苏省镇江博物馆藏

110

耀州窑是北方以青瓷著称的大窑，其橄榄青色，色泽淳厚，意味深长。但史籍有载，耀州窑也烧制过白瓷，"白者为上"〔《清波杂志》〕，却未曾有人提及耀州酱釉，也算历史一个谜团。耀州酱釉过去被学者随意确立归属，划在黄河流域中总不会出大错。自耀州窑址发掘以来，大量酱釉残器残片出土，其数量为耀瓷第二，超过黑釉器〔《宋代耀州窑址》〕，造型也颇为丰富。这个宋代才出现的新品种向世人交代了耀州酱釉的新的生存理念。

显然，市场上已出现酱釉的需求。黑釉自晚唐及五代耀州窑即有烧造，但入宋以后并未成为青瓷之外的主流产品。从数量上可以推测市场对酱釉作品的需求大于对黑釉作品的需求。耀州酱釉与定州酱釉在颜色上近似，但略显清亮；造型上两者有相互靠拢的趋势，分不清楚孰高孰低，只是耀器尺寸普遍小于定器，而这一现象仅在酱釉这一品种上出现，颇为神奇。

耀州窑博物馆藏酱釉六瓣花口碗，高足花口，尺寸适中，应为酒具。另外，耀州窑中常见小斗笠碗、浅盏，推测也为酒具。耀州酱釉作品从不见刀刻纹饰，放着耀州窑如此成熟的刻划工艺不用，想必酱釉另谋追求。耀州酱釉作品光素无华，颜色沉稳，近些年被坊间广泛称之为红耀州。

一般来说，定名思路存在惯性。定窑酱釉称之为紫定，虽古称红定，今在口头文献均不再如此称谓，可能缘于定器之红与客观之红差距太远；而耀州酱釉，不见文献，坊间随口称之为红耀州并流行开来已有几十年历史。借用"定州红瓷"古意，让耀州酱釉发思古之幽情，称为"红耀州"算是一个创意。

红耀州・耀州酱釉

北宋　耀州窑酱釉碗
故宫博物院藏

北宋　耀州窑酱釉六瓣花口碗
陕西省耀州窑博物馆藏

北宋　花瓣式圈足漆碗
湖北省博物馆藏

黄河流域在宋金时期到处可见窑火，有学者观点，宋金时期中国北方至少有上万座窑烧造过数以亿计的瓷器。北方大地除定州窑、耀州窑、钧州窑等名窑外，其余窑口统统装进磁州窑这只大筐。磁州窑以宽厚的心态接纳了所有。烧过酱釉作品的北方窑口不胜枚举，紫定和红耀州身为两大名窑名品，而其他大窑小窑步名窑后尘，也当仁不让，或多或少都烧过酱釉作品。磁州窑自身就无须再刻意提及，河南的修武、宝丰、鲁山、禹县；山西的介休、临汾、榆次；山东的淄博；河北的井陉；甘肃的安口；都在自己的领域中给酱釉留有一席之地，许多作品难分伯仲。

与酱釉名品紫定和红耀州所不同的是，宋金酱釉中有内外不同的作品。如内白釉外酱釉碗，内釉油润，外釉坚实；与表里如一的名品形成对照的是表里不一，故宫博物院在河南宝丰考察时曾捡拾过此类残片〔《中国古代窑址标本》〕，知道了宋金时期的酱釉还有另一种美学追求。这种美学追求应该还具有实用含义，或许实用含义大大超越了美学追求。但我们

宋金北方酱釉

北宋 北方窑口酱釉碗
观复博物馆藏

作为后人，可能更多的是关照美学成分，而忽视当时的实用意义。

如果实用意义的确存在，猜想与所盛食品有关，白色衬底是食品的视觉最佳选择，以至今日最重要的宴请，无论餐具如何奢华，盛放部分仍为素白。

我们已无能力猜想宋金时期此类表里不一的容器的确切用途了，但有一点仍是提示，内外施釉有别无疑提高了生产成本，这个多余的成本一定会从市场上赚回来，否则作为商品既没有存在的意义，也没有存在的可能。商业有一把利剑，高悬在上，那就是唯利是图，中国传统社会无论怎么轻视商业，这一条铁律也无法跨越。

北宋　外酱釉内白釉碗
观复博物馆藏

北宋　北方窑口酱釉盏托
观复博物馆藏

元代如一刀切地将酱釉产品斩断，几近不见踪影，但黑釉却比比皆是，道理似乎说不通彻。酱釉作品宋金时期虽不主流，但仍不失为拳头产品，且百姓已养成消费习俗。习俗要改极难，非下狠手不可。元政府对酱釉不感兴趣也没必要赶尽杀绝，百姓习俗改变落实到釉色问题上，似乎找不出一条设想通达的思路。

反正直至明初，官窑才将酱釉提到议事日程上来，景德镇近年出土的永乐宣德官窑证实了这一点。永宣传世官窑过去稀见酱釉，洪武一朝仅有几件外酱釉内他釉作品散见国内外博物馆，一色纯粹酱釉作品多依赖近年景德镇窑址出土获得，为数不多，但质量颇好，形制亦与当时其他品种官窑无异。明代酱釉的复烧悄没声地进行，没有声张，也不见产量，以致后世曾误认为明中叶才开始复烧酱釉。

当酱釉远离漆器的诱惑，它就显得不甚风光。明代酱釉虽断断续续，但还是有足迹可寻，只是深一脚浅一脚而已。酱釉在明代，真是可有可无，以致今天几无专著专文刻意提及，一副不愿收养又不得不收养的继母态度。

造成这种轻视态度可能缘于北瓷南烧。酱釉在宋代的一切风光，都是长江以北造就，与江南无丝毫关系；风水轮流转，当酱釉不经意流落南方景德镇，且又不是景德镇之所长，可想其地位高低。加之元明之后，陶瓷审美大变，含蓄之美被艳俗之美替代，想在短时期"翻身道情"恐无可能。实际上有明一朝的确如此，酱釉唯唯诺诺地也度过了一生。

明代酱釉·紫金釉

明永乐　紫金釉高足碗
景德镇珠山出土

明永乐　紫金釉碗
景德镇珠山出土

明宣德　紫金釉盘
故宫博物院藏

明嘉靖　紫金釉碗
故宫博物院藏

康熙帝励精图治不仅打开了国家的政治版图，也打开了景德镇御窑厂的宝库。自康熙至雍正至乾隆，三朝134年正巧占了清代享年的一半，最不起眼的酱釉就在这一时期的景德镇展开了最后的辉煌。数以百计的陶瓷品种，个个神完气足，鲜艳夺目。只有酱釉，鲜艳不如彩，深沉不如黑，羞答答地站在中间，两边不靠。康熙酱釉还仅限于茶具餐具，到了雍正艺术类的十二菊瓣盘不忘给它留有一席，至于进入乾隆，弦纹贯耳大瓶摆进宫廷大内，十分招摇；酱釉名正言顺地叫紫金釉了，打酱釉诞生之日起，从来未有过如此高贵的地位，虽昙花一现，却也耀眼。

酱釉因铁而呈酱色，明清景德镇酱釉配方又因使用紫金土而获艺名。酱釉本名不好听，紫金成为艺名，不仅贴切还琅琅上口。清代自康熙一朝起，紫金釉墩式碗遂成为官窑定式，一直延续至宣统朝才告终结。

清朝官窑瓷器釉色品种数百，多数品种都没能坚持到终点，但貌不惊人的紫金釉却从未断档，原因何在？清代各种颜色釉都在色差上大做文章，由深及浅，由浅及深，变幻多样，但明清紫金釉五六百年间几无变化，也不在色差上找感觉，为何？

清代酱釉·紫金釉

清康熙　紫金釉墩式碗
故宫博物院藏

117

以不变应万变的紫金釉在宫廷的竞争中本着不深入参与的态度，躲过了被淘汰的可能；这种暗如僧人袈裟的釉色，曾被广泛戏称为"老僧衣"，从侧面阐释了上述问题，颇具禅意。

清雍正　十二色菊瓣盘之酱釉盘
故宫博物院藏

清乾隆　紫金釉贯耳瓶
故宫博物院藏

结语

　　酱釉颜色不悦目，欣赏它的面太窄，以致自宋至清没有一个窑口专门烧造酱釉。酱釉一直作为瓷器主产品外的附属品，拿出来炫耀也是酒后茶余的话题；无论是紫定、红耀州，还是乾隆时期紫金釉大器，它们永远是站在舞台上不可或缺的配角，但无需放声歌唱。

　　酱釉的诞生应该说偶然因素大于必然因素，素漆的风行使酱釉苏醒。宋金时期陶瓷的含蓄美学造就了酱釉的历史地位，一出世就不是平头百姓，而是大家闺秀。

　　这种含蓄的酱釉暗含了收敛的宋代生存哲学。仔细想一下，还真没有什么颜色能代替酱釉出场，它的颜色浅不透明，深不到头，恰到好处站在它应站的地方，不与别人拥挤，也不抢占地盘，你进他退，有近乎无。正是这样一个处世哲学，让酱釉最终成为了紫金釉，在封建王朝拉上大幕前仍站在舞台的缝隙中，做了最终的告别。

兰陵美酒郁金香，**玉碗盛来琥珀光。**
但使主人能醉客，不知何处是他乡。
——唐 李白 《客中行》

摘尽枇杷一树金 *

釉

天地玄黄。

国人自古就对黄色有如此明晰的认识。黄色对古人所包含的内容丰厚，首先是母亲的土地。炎黄子孙知道自己的祖先——轩辕氏以土德王天下，土色黄，故称黄帝。人文初祖，百废俱兴；其次是皇天后土，日升月恒。黄色对朝廷来说，属吉祥，属富贵，最终演变成皇家专用之色，百姓不得僭越。

陶瓷对黄釉的追求缓滞，进入明朝才开始骤变，尤其入清之后，黄釉成为皇家专属，变得至高无上，百姓只可望尘。如此社会分类，陶瓷中只有黄釉，皇朝不与百姓共享，朝廷以其不可侵犯的尊严教育着国人，使国人在陶瓷面前知道了什么是等级，什么是高贵。

而明清之前，黄釉在汉唐在辽宋都不正规，像一支支游击队割据地盘。黄釉在陶瓷的颜色装饰上既不是主流，也不是末流，一直伴随着陶瓷大军不懈努力，以其独特的暖色，提高了陶瓷的温度，使陶瓷之色不让冷色釉专美。

汉黄釉属釉陶，下瓷器一等。早期陶瓷是瓷与陶不分，古人在摸索中探究。陶与瓷的分野至唐才泾渭分明。在生产力低下的古代，釉的出现已是石破天惊的大事，虽釉与胎一个是表象，一个是本质，但其追求永远共同向上，将中国陶瓷的大戏上演得活色生香。

汉铅釉多为绿釉，含铜而绿；少为黄釉，含铁而黄。汉黄釉之黄带有褐色，偶见棕红，并不纯正。正是这种不纯正的黄釉，开陶瓷黄釉装饰之先河，尽管黄釉数量不大，也未成燎原之势，但黄釉在如此早期的时间里，已跻身陶瓷色釉之行列，并醒目地随队伍前行。汉黄釉羽觞，一套七件，色泽不一，以最黄者为准，色差者都不可称之为黄，可见汉时烧造黄釉并不简单。以市场原则优胜劣汰，汉黄釉显然不敌汉绿釉，故汉绿釉在汉时风行天下。

汉晋黄釉

汉代　黄釉羽觞杯
观复博物馆藏

123

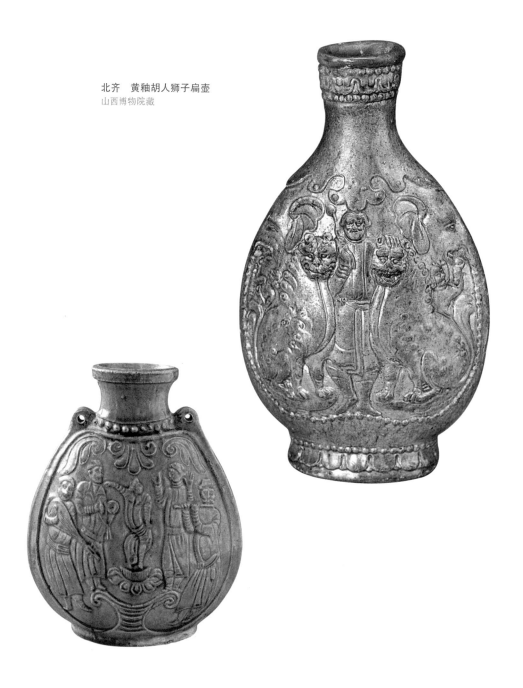

北齐　黄釉胡人狮子扁壶
山西博物院藏

北齐　黄釉胡人舞乐扁壶
河南博物院藏

有意思的是，中国陶瓷五千年的历史，环环相扣，节节清晰，均赖我们先人的聪明才智，每项发明都有实据可查。但汉铅釉的出现，有一条线索指向美索不达米亚以及波斯，埃及使用铅釉历史先于我们，故有学者认为汉铅釉通过美索不达米亚和波斯"在汉朝时由西域传来"。

　　此非空穴来风。随后至南北朝时期，北齐范粹墓出土的黄釉胡人舞乐扁壶，造型与纹饰明显与中原陶瓷文化大异，颈部的联珠纹，开光上部与下部翻卷纹样，加上胡人歌舞内容都真实地再现了西域外来风情。一般解释此为西域文化与中原文化的有机结合，侧面提供了黄釉基调为西域追求的证据。

　　再看与此壶异曲同工的胡人双狮扁壶，口颈部亦有联珠纹，双狮硕大，蹲坐祥和，胡人站立其中，手执软鞭，一副心中有数的样子。狮子作为外来文化，汉唐之际每每进贡中国，使国人眼界大开，视狮为吉祥之兽。久而久之，狮子渐渐演化为中国文化中的一支，逢喜登场，至今全国各地乃至世界各地都有舞狮。双狮壶与舞乐壶相比，一淡一深，也表明了早期黄釉的色泽宽泛，不拘一格。

　　汉至唐之间寻求黄釉的连接不是件轻而易举的事情，那时的黄釉处在初级阶段，色泽控制不易，颜色与心目中还有差距。北齐黄釉胡人舞乐扁壶其黄色纯正，烧造技术日臻成熟，细观亦能看出当时黄釉已不靠偶然来支撑局面，尽管出土不多，但此件已如此完美，万绿丛中一点红，虽有数无量，但也预示着黄釉这朵花早晚盛开。

隋唐黄釉

隋唐黄釉两类，低温以三彩为主，高温则以寿州窑黄釉为典型。这一时期黄釉色彩逐渐纯正，南北方都表明了自己的指向，这一指向由于中华民族文化融会贯通，最终合为一体，不分伯仲。

故宫博物院藏隋代黄釉钵、黄釉撇口瓶、黄釉盘口瓶，均施半截釉，与同时期其他色釉施釉方法一致，三件通体光素无纹，与隋瓷流行的贴花工艺有着差距，虽为半釉，仍装饰倾向明确，以黄为唯一，不闪烁，不暧昧。隋黄釉少见，却也开启唐黄釉装饰大门。

黄釉入唐烧造逐渐广泛，南方安徽的寿州窑、萧县窑，湖南的长沙窑；北方河北的曲阳，河南的郏县、密县，山西的浑源都有烧造，以概率推断，唐时黄釉远不止这些窑口，故出土的黄釉许多窑口不明。

安徽省博物馆藏寿州窑黄釉执壶，器型饱满，色泽饱满，施釉饱满，呈蜡黄状，验证了陆羽《茶经》所提及的越、鼎、婺、岳、寿、洪等六州窑口中之寿州窑，"寿州瓷黄"，陆羽的客观记录让我们千年之后看寿州窑黄釉时，仍念念不忘"茶色紫"之评判。

故宫博物院藏黄釉席纹罐，圆润饱满，全器细纹交叉呈席纹，均匀满布，一丝不苟。黄釉的长处在色不在纹，故席纹浅显不夺目，不抢戏，恰到好处地既表现了黄釉的主观意图，又表现了席纹的隐讳的装饰，在色与纹之中，主次分明，主宾得当，让黄釉与席纹结合得天衣无缝。

唐三彩属陶不属瓷，其颜色极具代表性。三彩乃泛称，并不拘泥三色，只不过黄、绿、蓝三色多用，尤其黄色，让唐三彩生出暖意。常见的黄骠马、黄骆驼都趋向真实地反映马之彩，

隋　黄釉双系盘口瓶　　　　　隋　黄釉撇口瓶
故宫博物院藏　　　　　　　　故宫博物院藏

隋　黄釉钵
故宫博物院藏

唐　三彩马俑
陕西历史博物馆藏

唐　三彩骆驼俑
陕西历史博物馆藏

驼之色。陕西省博物馆藏唐三彩黄骠马、唐三彩黄骆驼，都将艺术的真实贴近生活的真实。仔细一想，三彩之马色彩缤纷，黑、褐、棕、黄、白、蓝、绿、五花，凡三彩有之色尽染马之色；而三彩之驼则色彩单一，仅见黄、白单色，这与生活物象吻合，反映了艺术来源生活这一铁律。

唐　黄釉席纹罐
故宫博物院藏

唐　寿州窑黄釉执壶
安徽省博物馆藏

唐　寿州窑黄釉枕
观复博物馆藏

辽代黄釉

辽代三彩显然受唐代三彩的影响，只不过在色彩表现上小心谨慎罢了。这种谨慎一直持续至辽朝结束。辽代黄釉的时兴与辽代盛行金银器不排除有一定关联。辽代契丹民族作为中国历史上显赫的统治民族，介乎于纯游牧民族与农耕民族之间，形成了渔猎民族特点，使契丹成为中国封建历史极富传奇色彩的优秀民族。

渔猎民族"随水草，就畋牧，车帐为家"，日常生活中喜用金属器，金属器尤以黄金为贵，金黄色遂成为精神追求象征。辽黄釉从辽三彩中分离出来，独立生存，想必具有一定市场，也成就了一番道理。

辽代陶瓷中仿金属器造型颇多，以壶常见。内蒙古科尔沁旗博物馆所藏辽黄釉牡丹纹鸡冠壶是典型辽代器物，唯牡丹纹细线凸起，如金属锤揲工艺；故宫博物院藏品中有一只与此雷同的鸡冠壶，纹样依旧，只是纹饰以线划阴纹表现，类似另一种金属锤錾工艺；比较两壶，可以感受艺术之间的沟通与交流。

首都博物馆藏辽黄釉龙柄洗，造型精巧，一龙如弓而起，口衔杯沿，目圆睁，耳直立，动势藏于静态，口沿清晰的折痕，显示来源于金属器特有工艺；另一件内蒙赤峰市博物馆辽黄釉套盒，海棠造型，盒与盒由子母口套叠，上下口沿錾花纹饰，另饰凸起花卉，种种迹象无一例外地表明制造者的追摹金属工艺的意图，而且将这一意图毫不暧昧地表露，辽代工匠在千年之前就给了我们如此的启发。

辽代陶瓷在中国陶瓷史上占有极为特殊的一席。仿金属器造型，尤其仿辽代特有的金属器造型，辽瓷不遗余力，为陶瓷工艺学、陶瓷美学、陶瓷社会学增添了浓墨重彩的一笔；辽代

辽　黄釉鸡冠壶
内蒙古自治区阿鲁科尔沁旗博物馆藏

辽　黄釉划花鸡冠壶
故宫博物院藏

131

陶瓷中的黄釉作品，在局限中反映了辽代人的思维、情趣、嗜好和追求，给了我们多重思考，让我们知道了在中国灿烂的陶瓷史中，还有辽瓷一类，还有黄釉一支，这也正巧暗合了灵活的辽之国策：以国制治契丹，以汉制待汉人。

辽　黄釉龙柄洗
首都博物馆藏

辽　黄釉套盒
内蒙古赤峰博物馆藏

入宋以后，陶瓷美学被两股势力控制，上为皇家，下为百姓。皇室对陶瓷审查苛刻，最终形成以颜色作为表现形式的官窑系统；百姓则在修文偃武的国策下，开动脑筋，使民窑系统走向百花开放、推陈出新的局面，两股力量合力将中国陶瓷美学推向高峰，至今尚无法逾越。

但在这样一个大好局面下，黄釉忽然偃旗息鼓，变成游击力量，不再抛头露面，不再抢占地盘，使汉以来黄釉的千年之续有了断香火之虞。在唐、辽、宋、金、西夏、元八百年之中，宋之文采彰显，武力羸弱，在众多少数民族以游牧为主的文化中，宋代纯真的农耕文化沉浸在自给自足的乐趣之中，无力抵抗。

黄釉在唐、在辽闪烁着充满暖意的光芒。在红釉未出现之前，黄釉是最具暖色的颜色，没有任何人为可控釉色能与之媲美。但宋朝理学的兴起，尤其徽宗时代又崇尚道教，道教提倡"清极遁世"，仪式中祈念祷词，叫"青词"，这些看似无关的现象，实际上都在控制着陶瓷釉色的取舍，把握着陶瓷釉色的走向。

黄釉在有宋一代零零星星，犹如悬崖峭壁之上的小树，长不大也死不了；故宫博物院藏黄釉狮形枕，通体为黄釉，较之白釉、黑釉、绿釉同类瓷枕，仿生尚未脱离艺术写实这一阶段，狮为土黄色，唐人因进贡曾目睹狮子，而宋之后多数人再无机会目睹狮子，因而引发艺术上大胆想象，狮子除色泽大变，造型也逐渐由狮型变成犬型，有狮子犬之谓。故宫博物院另一件黄釉作品也是仿生，黄釉柳斗小罐，柳条模印，清晰如真。仔细一想，黄色也为类似实物之色，近乎真而不真。

河北省定州市静志寺地宫出土数件黄釉作品，烧造年份准

宋金黄釉

北宋　黄褐釉划花盖罐
河北省定州博物馆藏

金　黄釉梅瓶
山西省大同市博物馆藏

北宋　黄釉狮形枕
故宫博物院藏

北宋　黄釉鹦鹉形壶
河北省定州博物馆藏

确，不迟于北宋太平兴国二年〔977年〕。此时辽朝正兴，在宋辽之间的拉锯战中，河北定州曾一度为辽占领。黄釉之色不可能不受辽之影响。其中黄釉鹦鹉壶颇有特色，鹦鹉站立，紧并双翅不展，壶体如支座穿身而过，背设注，起执手，鸟喙为流，长尾低垂丰满，羽毛由蓖纹刻划，不似而似。这样一件神奇作品离生活用具较远，离艺术创造很近。

同时出土的另一件黄釉盖罐，整体由跳刀纹呈波浪形。跳刀纹装饰由宋人创造，本是制作时的缺陷，却被工匠化腐朽成神奇，成为宋代独具特色的装饰手段。跳刀纹在日本被称为飞白纹，源于中国书法技艺的一支。两件作品其黄色正，满饰均匀，追根寻源，与近些年在河北定窑遗址中出土残片近乎一致，推测定窑作品当妥。定窑受邢窑影响由唐历五代进入宋以来，白色是其大旗，猎猎作响，其它如黑、酱、绿、黄等杂色，无法加入主流队伍，仅凭一腔热血，不计荣辱，尾随前行。

大同市博物馆藏有一件黄釉素梅瓶，其造型凸显宋金时期梅瓶之优美，翻唇细颈，丰肩瘦腹，有意思的是其釉色虽鲜艳但不均匀，与常见同期黄釉有异，似有意而为。追求釉色之匀是陶瓷工艺的一惯目标，但当目标达到，工匠们又另生心计，以可控不匀又向均匀挑战。正是这条思路，让中国陶瓷在攀登古代美学的高峰上独僻蹊径，鲜花盛开。

有元一代，黄釉不得统治者欣赏，悄没声地走到舞台幕后，等待再次登台的机会。黄釉的退缩，可能预示着大变革的到来，如同黎明前短暂一瞬的黑暗，母腹中躁动不安的胎儿。

明代黄釉

元代政府所设的浮梁瓷局对明清官窑制度影响深远。按一般说法，洪武二年〔1369年〕明政府在景德镇始设御窑厂，以朱元璋的经历与秉性，烧窑虽算不得头等大事，但也不是可有可无。景德镇作为朱元璋的革命根据地，又有如此好的科技条件，加之瓷器在中国古代商品上的重要地位，江山坐定立即设御窑厂顺理成章。

明建国初期，百废待兴，朱元璋尚不能在此投入过多精力，明初洪武一朝，官窑风格产品量小品种亦少，几乎均以纹饰为主产品，色釉罕见，黄釉未见。永乐执政之后，景德镇御窑厂气象一新，品种急剧增加，尤其色釉，白、红、黑、蓝、青、紫金、孔雀绿及黄釉迅速登场，极尽表演。近年来景德镇珠山明代御窑厂相继出土永乐官窑残器，其中大部分都得以充分印证，小部分尚待时日。

黄釉作为宫廷创烧品种当始于永乐一朝。英国大维德基金会近年在该基金会早年的收藏中剥离出一块黄釉盘，其制式为官窑标准，底足白釉呈现永乐甜白典型特征，黄釉内外兼施，色润不油，釉亮不腻，未属款识，与永乐官窑风格吻合。这块黄釉盘被破天荒地从混杂的队伍中拎出，安放在排头兵的位置，给了它应有的荣誉。

这以后，宣德、成化、弘治、正德、嘉靖、隆庆、万历乃至崇祯各朝，均延续了黄釉的烧造，使之成为了明代皇家的规范。凡内外施黄釉瓷器仅限于皇帝御用，以黄寓皇，强调等级是农耕民族文化回归的潜意识表现。

蒙元帝国倚仗铁骑，横扫欧亚大陆，重天而不重土；疆域的开拓在元人看来天经地义，元代不足百年的历史上，创有余

明成化　黄釉暗刻龙纹碗
观复博物馆藏

而建不足。成吉思汗 45 岁时，萨满之长宣布他是永恒蓝天派到人间的代表，是天国的真正赐福。马可·波罗也记载道，在元大都，忽必烈常设约 5000 名专职星相家和占卜者。所有迹象说明了游牧民族与农耕民族在土地理解上的差距，这个差距存在于"永恒的蓝天"与"母亲的土地"之中。

在明朝人重新回到母亲的土地之初，皇天后土对他们的重要性显露无遗。在明朝文人的指点下，朱元璋高屋建瓴地修复一个世纪以来对土地的伤害，时至永乐，黄釉瓷器适时地出现，恰到好处地重建农耕皇权形象，这显然已不是个偶然事件：凡事都有因果，没有偶然。

故宫博物院藏明成化黄釉盘亦为明官窑乃至清官窑的定式。以传统对明黄釉赞美，弘治黄釉首推第一。成化在之前而不是在之后，成化官窑无论斗彩还是青花，在明朝以及之后声名显赫，但黄釉为何受此委屈了呢？

故宫博物院另一件名品——明弘治黄釉双牺耳尊无意间作了以下说明：黄釉创烧之初仅为餐具，目前的传世品多为盘碗；而至弘治出现了双牺耳尊，明显为宫廷祭祀之用，明朝国都设天地日月四坛，《大明会典》记载："洪武九年，定四坛各陵瓷器，圜丘青色，方丘黄色，日坛赤色，月坛白色，行江西饶州

明成化　黄釉盘
故宫博物院藏

府，如式烧造解。"地坛方丘祭器使用黄釉瓷器，这应是弘治黄釉荣膺黄釉之冠的根本原因。在此基础上，弘治黄釉演绎出"娇黄"之说，以讹传讹地又有"浇黄"之解，到了百姓嘴中，什么也不如"鸡油黄"生动鲜活，故弘治黄釉在历代文人笔下熠熠生辉。

至于明代成弘以后各朝，黄釉不曾间断，品种并未增加，制式从未突破，质量也未提高；黄釉在改朝换代的风风雨雨中恪尽职守，扮演着一个象征意义瓷器的身份，表明皇家地位的崇高与尊严。定陵地宫万历皇帝宝座前庄重地置黄釉香炉、花瓶一副，不是在说它的重要，而是在说它已成为皇家礼仪的必须。

明万历　黄釉鼎式炉
定陵地宫万历皇帝宝座前出土
北京市定陵博物馆藏

明弘治　黄釉描金兽耳罐
故宫博物院藏

清代黄釉

清代黄釉沿袭旧制。《国朝宫史》中明文规定，后宫用瓷分六个等级，皇后、皇贵妃、贵妃、妃、嫔，各为一级，贵人、常在、答应合为一个等级，显然皇后与皇帝待遇在此相同，所以久而久之，内外普施黄釉的瓷器尊称为"黄器"，又称"殿器"。

以清档所载，官窑生产成本很高，精选者入宫，但落选者成为难题，督陶官唐英将难题数次报告求示。乾隆皇帝作出表率，命落选瓷器在景德镇变价处理，可见大国明君心态。但唐英所督官窑成百上千，品种繁多，看着黄釉次品也充入变价队伍，深恐不妥，又上专折奏请。乾隆皇帝虽知节俭，但在皇家礼仪面前亦遵循守则，特批黄器不再变卖，但带五爪龙纹的瓷器仍可变价处理，由此可见黄器在皇家心目中的份量。

康熙二十三年〔1684年〕开放海禁，预示着大清国进入康乾盛世。黄釉虽为宫廷器物，仍可反映这一迹象。自康熙起，黄釉不再局限碗盘餐具，也不局限祭器，而是出现了仿古艺术瓷。故宫博物院所藏黄釉仿青铜造型提梁壶，古风习习，暗刻

清康熙　黄釉暗花提梁壶
故宫博物院藏

140

与凸雕并用，佐以线刻纹饰，让黄釉作品摆脱了自明初以来的模式，吹进一股清新之风。

冲破几百年宫廷对黄釉限制的桎梏，黄釉在康熙、雍正、乾隆乃至以后各朝，变得灵活可人，康熙的太白尊，雍正的莲花盘、观音小瓶，乾隆的七格盖盒、暗刻扁执壶，都不再遵循传统皇家制式，使之趋向艺术化，让黄釉散发出艺术之光。

清康熙　黄釉太白尊
英国大维德基金会藏

清雍正　淡黄釉瓶
故宫博物院藏

清乾隆　淡黄釉七格盖盒
故宫博物院藏

清乾隆　黄釉暗刻扁执壶
英国大维德基金会藏

清中叶后，国力日衰，皇家对黄釉的把握松弛。加之康乾盛世期间，黄釉呈自由状态，柠檬黄、米黄、淡黄、浅黄、姜黄等等黄色不再以皇家标准黄色为基准，自由发挥，有的还盛极一时。物极必反，道光时期民间出现了王炳荣、陈国治一路刻瓷高手，将竹刻艺术移植到瓷器上，染成竹黄色，以期神似。黄釉至此走入民间。虽此黄非彼黄，但它说明了一个道理，瓷器为社会物证，准确地反映了每个历史时期的社会面貌。

清道光　黄釉仿竹雕笔筒
故宫博物院藏

142

结语

黄釉的发展在中国陶瓷史上是个奇迹。因客观烧造条件的限制，黄釉久未长大，待时机成熟时，又陷于皇家森严的制度，带上桎梏。正是这一残酷的限定，让黄釉登上皇家地位也是陶瓷地位的最高峰，一览众山小。

黄釉早期之黄，既有外来文化猜想，亦有追求金属色泽的猜想，以陶瓷仿金属器可能在早期黄釉就初露端倪。陶瓷达不到金属的质地，却能传达金属的精神。千百年来，陶瓷在表达自身优势的同时，亦在探索其它材质的特性，在这条漫长的路上，陶瓷不卑不亢，中庸而行。

今人看待黄釉多为美学愉悦，陷于情感之中；古人看待黄釉只是皇家威严，尊奉等级之下；这已超越陶瓷自身的含义，使其内涵不再限于容器，成为国人物质类型的精神象征。

乳鸭池塘水浅深，熟梅天气半晴阴。
东园载酒西园醉，**摘尽枇杷一树金。**
——宋 戴复古 《初夏游张园》

春来江水绿如蓝 *

绿
釉

绿釉与青釉有着本质上的区别，绿釉是一种客观之色，与青釉的主观之色出发点不同。绿釉尽可能地表达客观事物，不做远离现实的追求。绿釉的出现虽晚于青釉，但它横空出世时青釉也不过仅是个襁褓中的婴儿。在两千多年前的汉朝，绿釉曾是陶瓷中最为漂亮悦目的颜色，真实自然地表达了自己的追求。

　　绿釉一直属低温釉色，釉与胎的附着力不强，易剥落，所以绿釉长时间地占据殉葬及观赏陶瓷的地盘，未做日用瓷广泛使用。这曾使绿釉长久地徘徊在主流陶瓷之外，汉唐至两宋，随处可见绿釉的踪影，但又不易长久而广泛地抓住它。绿釉像一个三线的明星，大戏上不了场，小戏又挑不起大梁。

　　但正是这一不尴不尬的位置，让绿釉久经磨练，最终修成正果。当历史终于给其机会时，绿釉不卑不亢地走上前台，既没眩目之光彩，也没退缩之景象，一板一眼的念白，铿锵悦耳的唱腔，准确无误地拿捏，虽出场有限，但也博得满堂喝彩。

汉代是个五彩缤纷的年代。秦兵马俑的彩绘显然深刻地影响汉代的审美。在历年出土的秦汉彩绘俑中，可见的颜色就达十数种，只不过在地下埋藏千年的陶俑一旦面世，在氧化作用下，颜色马上会灰飞烟灭，留给我们无尽的遗憾。

真实保留历史之色的还要靠釉色。陶釉一旦烧结，颜色历久弥新，时间多久都与初始状态一样，让我们有幸在两千年之后与古人一同欣赏这人工之色。

汉绿釉曾霸占釉色舞台数百年之久，它的出现一改早期素陶的面目，又有别于原始青瓷暧昧的青涩，浓墨重彩，色彩饱和，以席卷之势遍及华夏大地。

这种饱满的绿色釉实际上是一场技术革命，科学的称谓叫铅釉，它与铜掺杂呈现绿色，与铁掺杂呈现黄褐色，大名鼎鼎的汉铅釉无非就这两种颜色，非绿即黄，非黄即绿。以目前出土情况看，绿釉明显多于黄釉，质量也好。

但汉铅釉的起源尚不明确，有外来说和本土说两种。铅釉在西汉早期尚无发现，由于文景之治的盛世，可能引进了铅釉外来技术，随后的汉武帝时期的汉绿釉始有发现，到较大量出现已是汉朝开国一百多年——宣帝时期的事情了。以时间推论，西汉文景之治的开明，武帝的开拓，有导致铅釉引进的可能；而战国和西汉的铅钡玻璃〔古称琉璃〕的制作技术，让国人很早地就认识了其在高温下的流动性，故亦有受到启发而发明铅釉陶器的可能。历史并没有跟后人刻意开玩笑，只是时间漫长，湮没了许多真相，后人在无奈下会埋怨历史的不清晰。

汉铅绿釉作品自西汉中后期日渐增多，入东汉已覆盖绝大部分汉朝版图。故宫博物院藏西汉绿釉陶奁，直壁弦纹，承三

汉代绿釉

西汉　绿釉陶奁
故宫博物院藏

东汉　绿釉陶灶
河南博物院藏

东汉　绿釉水榭
河南博物院藏

熊足，为汉代最常见品种，亦有添加博山炉式盖者。此炉采用模印工艺，山水为其意境，间缀奔鹿走马，犀牛野猪，狗熊猴子，取材生动随意，一派自由天地。

河南博物院藏绿釉陶灶，灶口烟囱齐备，双釜大小各一，鸡鸭鱼肉置于其上，刀钩厨具齐备，生活景象亲切，汉代人早已远去，生活气息却滞留眼前；而该院另藏一绿釉水榭，大景微缩，水池亭榭形象生动：池岸环列家禽家畜，池中游禽水鱼小舟，比例虽失调，关系却明确；榭内数人，有主有宾，池边设防，尽职尽责；两件汉绿釉作品，一微观一宏观，画龙点睛地记录汉代生活物质的富足，以及当时人们的精神面貌。

汉绿釉以其独特的魅力，大部分充当了冥器角色。在那个充满灵仙色彩的时代，汉代人相信人死后还可以升入天堂，还可以享受人间享受不尽的奢华，故人间有什么，地下就有什么，有房屋村落，有水井灶台，有谷仓粮囤，有鸡犬牛羊，还有歌舞杂耍、百万大军……汉代人笃信神灵，相信天人感应，盼望早晚有一天灵魂再现，因而把自己完全埋入地下，期望来世。

绿釉是一个生机勃勃的颜色，创造了一个人为的再生世界。大地的每一次再生，都是由枯而绿；每一次死亡，又都是由绿而枯。相信古人已看清这一点，看不清的只是何为生，何为死，因而寄托，因而祈盼轮回。

绿彩与绿釉

绿釉在汉，尤其在东汉遍及大江南北，作为汉代有名的冥器，汉绿釉无所不包，像一支庞大的交响乐队演奏了一组振聋发聩的乐曲，这支交响曲雄浑丰富，曲折动听，但在高潮迭起之时戛然而止，干脆利索地向观众谢了幕。

随后的三国两晋南北朝期间，很难寻觅单纯绿釉的影子，它消逝得无踪影无痕迹，几百年之间甘于寂寞。我们不能去问绿釉，为何风光了几百年，又沉溺了几百年呢？绿釉在告别舞台之后，什么原因使之坚定地不露头，也不改变形象呢？

绿铅釉算不上瓷，算釉陶。强度不如瓷，故使用肯定不如瓷。在生产力倒退，百姓生活品质下降的魏晋时期，战争频繁，百业凋敝，手工业受挫；汉代的厚葬之风至三国得以遏制，以观赏陪葬为主的汉绿釉显然会失去市场。需求决定供给。百姓的"实"的需求顶替了"虚"的需求，江南青瓷恰好在这一时期完善起来，北方的白釉也在这一时期大有进步，瓷之进步是釉陶的劲敌。当实虚不分的时候，一定是经济拮据的时代。

时至北齐，河南濮阳李云墓〔576 年〕出土的黄釉绿彩四系罐上、工匠羞羞答答地画了几笔艳丽的绿色，清晰夺目；安阳范粹墓出土的白釉长颈瓶也被刷上醒目的绿彩。绿彩不是绿釉，装饰意图差距很大，彩之装饰为画龙点睛，使之鲜活；色之装饰则全城出动，形成声势。山雨欲来风满楼，北齐的绿彩很快会连成一片，启动了隋唐绿釉早已绷紧的神经。日本出光美术馆藏隋绿釉长颈瓶全身通绿，提前登台，将绿釉后五百年大戏预热。

北齐　白釉绿彩长颈瓶
河南范粹墓出土
河南博物院藏

北齐　黄釉绿彩四系罐
河南李云墓出土
故宫博物院藏

隋　绿釉长颈瓶
日本出光美术馆藏

唐代绿釉

唐绿釉为著名的唐三彩中的主色调，单一使用并不广泛，尤其在唐三彩家族中，雕塑作品几乎不见单纯绿釉，容器中虽有满绿釉但不多见。日本出光美术馆藏的绿釉盖罐，施釉几至通体，连盖，为盛唐典型造型，俗称万年罐。这类万年罐，在唐随葬冥器中几乎无所不包，白釉、黑釉、黄釉、青釉、蓝釉、花釉、三彩等等，应有尽有，但绿釉实为最少数，让人颇感疑惑。

大唐盛世让国人又进入厚葬时期。出土绿釉等低温釉陶与生活实用器皿马上发生了分野，这与大汉相同。生活富足时期，实虚立刻分得清楚，下葬所用冥器成为另一支生产行业，构成虚拟世界；而实实在在的人间，拥有越邢青白之精美，享受生活之快乐。

邯郸市博物馆藏唐绿釉执壶大面积在白釉上施绿彩，绿彩成为绿釉，白地几近不见；另一件济南市博物馆藏同类作品仅施绿釉，虽不及足底，仍可算满釉。唐短流执壶为唐之独有造型，质朴可爱，实用者多为瓷质缜密的窑口烧造，低温釉陶作品仅为死者服务，算是物尽其用。

唐　绿釉盖罐
日本出光美术馆藏

唐　绿釉贴花长颈翻口瓶
内蒙古博物院藏

唐　绿釉执壶
邯郸市博物馆藏

唐　绿釉执壶
济南市博物馆藏

　　唐朝国势开放，随外来之风劲吹，唐代的文物处处可见异
域风情。内蒙古呼和浩特出土的绿釉贴花长颈翻口瓶，尺寸之
巨，高达 58 厘米。身与颈满饰贴花工艺，流呈荷叶状，与唐
常见管状流不同，这种敞流明显受波斯金属器影响，别具一格。
盛唐气象今除文字有载外，更多的是点点滴滴存在于文化的证
物之中。此瓶算是例证，造型西来，纹样西来，却是中原之物，
故有学者以为，盛唐景象并不偶然，一方面归功于它的折衷，
对魏晋以来混乱产生的文化给予及时整合；另一方面得益于它
的襟怀，兼收并蓄，汲取百家之长，汇成一家之长。

我们过去对辽有误解，由于历史上辽与宋的不睦关系，又因为《辽史》迟迟未能写完，在辽灭亡一百多年后，在元人的主持下，勉强修完《辽史》。《辽史》以讹误最多著称。辽尽管开国早于宋朝，疆域也大于宋朝，但简单叙述历史时也说唐宋元明清，排辽、金在外，这就是汉文化一家独大的结果。

可是辽的手工艺不让宋国，以放牧渔猎为生的契丹人，注重手工业，注重商业，近几十年出土的辽墓的文物，凡金属、玉石、陶瓷以及其他门类，均有杰出作品面世，令观者称奇。辽宁北票市出土的绿釉凤首瓶，凤首衔珠，顶荷叶口沿，器形修长，充盈唐之风韵，施满绿釉至足，毫不暧昧地彰显绿色。

著名的陈国公主墓，纪年明确——辽开泰七年〔1018年〕，出土带盖绿釉大瓶，高58.4厘米，素身，只在颈饰弦纹两道，高大饱满，传达出了辽国契丹人的气魄与审美。陈国公主是辽圣宗之弟耶律隆庆之女，与驸马同葬一墓。有考古发掘以来，陈国公主墓是保存完整、未被搅扰的唯一的契丹皇室之墓，出土珍贵文物无数。有此尺寸绿釉大瓶同居一室，可见皇室对这只绿釉大瓶重视的程度。

仔细思考，辽代绿釉以水器为主，或许暗合契丹民族依水而生的习俗。草原上的游牧民族，沿河而居，对水亲切；草原又是牧草碧野，生存之本；契丹人喜绿色顺理成章，绿釉皮囊壶、鸡冠壶这样草原文化独有的造型，为契丹文化留下证明，成为中华文明的组成部分。

值得一提的是山西芮城出土的辽绿釉倒流壶，贴花工艺与唐绿釉贴花长颈瓶近同，壶盖宝珠高顶，台阶三层有致，与壶身连为一体，底部设一入水孔，短流。此类倒流壶以五代耀州

辽代绿釉

辽　绿釉凤首瓶
辽宁省博物馆藏

辽　绿釉带盖大瓶
陈国公主墓出土
内蒙古自治区文物考古研究所藏

辽　绿釉贴花倒流壶
山西省芮城县博物馆藏

辽　绿釉皮囊壶
观复博物馆藏

窑最具代表，趣味性大于实用性。在辽国汉化路途中，汉族淫巧之器对契丹产生不可抗拒的文化吸引，此为典型例证。

　　净瓶为佛家专用，白釉为多，晚唐至五代及北宋，白釉净瓶常见，黑釉亦有。而绿釉贴花净瓶，仅见北京密云辽代塔基出土的这支。极为珍贵的是，此净瓶刻"杜家"二字，可见香客之虔诚。贴花工艺与倒流壶近似，璎珞莲花，从侧面反映了当时佛教的盛兴。

辽　绿釉"杜家"款净水瓶
北京密云辽代冶仙塔基出土
首都博物馆藏

宋代绿釉沿袭唐辽之风，既不风行也不绝迹，名气最大者首推绿定。定窑本是宋朝老大，沿唐邢之白一路走来，入宋曾大大风光一时，只是道君皇帝宋徽宗个人好恶的改变，才使定窑地位式微。然定窑品种并不单一，紫定、墨定、绿定，乃至花定，如同亲兄弟般地全家上阵，为当朝后代都留下了可书写一笔的辉煌历史。河北定州出土的绿定剔花荷塘图枕虽为剔花装饰，仍全器满施绿釉，通绿一片。枕面荷塘游禽，大枝大叶大花大雁，不计较细节，为难得绿定珍品。

绿定不见文献记载，令人生疑。但半个多世纪前，故宫博物院曾有专家去河北曲阳涧磁村考察，有幸拾得绿定数片，其中一片刻云龙纹，与存世定窑白釉龙纹盘一致，还有一片刻花卉，也与常见定窑相同。由于当时的历史背景，作伪或复制均无可能，那么可以认定绿定的客观存在。绿定的存在意义重大，在此之前，绿釉均为低温铅釉，汉唐绿釉大都为了陪葬，成全了绿釉的冥器文化特性。但宋之后，绿釉改头换面，成为大家闺秀，走进世俗生活。

磁州窑因此大量烧造绿釉作品。作品分为两类，以刻划为饰，施绿釉为一类；黑彩施绘，覆盖满绿透明釉为另一类，乍一看纹饰并不明显，仍可视为单色作品。民间俗称"绿磁州"。

故宫博物院藏绿磁州窑梅瓶，与常见宋金造型纹饰一致，不过加施一层透明绿釉，使之特立独行。绿磁州与绿定应该都是北方宋代名窑的精心刻意之作，以适应市场高端客户的需要。宋代各色釉都已烧造纯熟，过去的低温绿釉用于丧葬想必深刻地影响着宋金人，改习俗是件难事，非付出超常的努力不可。北方磁州窑和定窑努力去做了，以今天的存世量看，应该获得

宋金绿釉

宋　绿釉剔花荷塘图枕
河北省定州博物馆藏

宋　绿釉"咏瓜"诗文枕
故宫博物院藏

金　磁州窑绿釉诗文瓷枕
观复博物馆藏

有限的成功。

瓷枕枕于头下应该清凉，绿釉瓷枕就应该更加清凉，咏瓜绿釉枕那真是凉上加凉。故宫博物院藏"咏瓜"绿釉腰圆枕，左右刻划"咏瓜"二字，诗文直白："绿叶追风长，黄花向日开。香因风里得，甜向苦中来。"这种市井语言瓷枕显然不是为死者订制，世俗的劝诱呈现一派宋代人生哲学的景象。另一件观复博物馆藏绿釉文字枕则高人一筹，上面书写苏东坡的《昭君怨》："谁作桓伊三弄，惊破绿窗幽梦。新月与愁烟，满江天。欲去又还不去，明日落花飞絮。飞絮送行舟，水东流。"此时苏东坡已谢世一百多年了，他创作的不朽作品仍在民间传唱，仍刻划在枕面上，每天看上一眼，吟诵着进入梦乡。

宋金时期绿釉作品作为点缀，仍出现在大江南北。江西吉州窑也曾热衷绿釉烧造，与北方绿釉相映成趣。宋代是个生活要求丰富的时代，尽管长期与辽、与金对峙，以土地换和平成为宋朝人的共识。在和平之际，将日常使用的陶瓷变幻花样，推陈出新是宋朝人的天性。宋朝人有宋朝人的生存哲学，以守为势，螺蛳壳里做道场，也有风情，也有精彩，也能为后世留下一笔财富，绿釉作品就是例证。

宋　磁州窑绿釉黑彩梅瓶
故宫博物院藏

宋　磁州窑绿釉剔花罐
观复博物馆藏

我们今天面对颜色的认识与古人略有差别，绿色在古人眼中是："帛青黄色"〔《说文》〕；蓝色则是"染青草也"〔《说文》〕；而青色乃"东方色也"〔《说文》〕。故荀子的《劝学》篇中有"青取之于蓝而青于蓝"的描述。古人认为自然界中最绿的颜色是蓝，白居易的《忆江南》有著名的一句："日出江花红胜火，春来江水绿如蓝"，描述的是一幅大自然景象。这个蓝本出于植物，又称蓼蓝，后被引申为深青色。

所以孔雀绿有时又被唤作"孔雀蓝"。以今人的眼光，孔雀绿是一种近乎蓝而远乎绿的颜色，实物有绿松石佐证。孔雀绿釉的使用并不自元始，而在宋已露端倪。

琉璃〔不指今玻璃〕古称陶胎琉璃釉制品，多用于建筑，著名的有琉璃瓦，唐辽以后风行。琉璃以铅助熔，以铁、铜、钴、锰等着色，呈现黄、绿、蓝、紫等色。在此基础上，元明出现了珐华器，呈色原理相同。

金元时已有磁州窑作品罩孔雀绿釉，呈现另一副模样，全面单色罩孔雀绿釉只见元代。杭州市考古研究所藏孔雀绿带盖梅瓶，色泽莹润饱满，惜爆釉现象较重；英国著名的大维德基金会所藏的孔雀绿内府大罐，正面凸起四字"内府供用"，表明元朝皇家的特殊身份。

孔雀绿毕竟不是一种常见色，在中国陶瓷的历史虽一枝独秀，但也秀得有节有度。明清两朝，宫廷作为调剂，烧造过一些，未形成主流作品；康乾盛世，由于西方人偏爱孔雀绿色，景德镇也刻意烧制外销，故今天欧洲的存世量比国内要大，大部分就是这个时期的输出。

元明孔雀绿

元　孔雀绿釉带盖梅瓶
杭州市文物考古所藏

元　孔雀绿釉大罐
英国大维德基金会藏

明宣德　孔雀绿釉暗刻龙纹盘
观复博物馆藏

明初，景德镇曾试烧绿釉，但未获成功。景德镇出土的宣德时期的卤壶的确有绿色，色暗发黑，与同造型的红、蓝釉不可比拟，故传世品中不见绿釉作品。直到明中叶，才有绿釉作品又出现。嘉靖时期有绿釉渣斗，色泽呈瓜皮色，故称"瓜皮绿"，沿用至今。明代绿釉品种单一，绿色的表达也不积极，可以感到元明时期的人对客观绿色的淡漠，不见追求。绿釉在明代星星点点，形不成任何气候。

明代绿釉

明宣德　绿釉卤壶
景德镇陶瓷考古研究所藏

明嘉靖　瓜皮绿釉渣斗
故宫博物院藏

清代绿釉

康熙中期以后，御窑厂日益规范，郎廷极被派往景德镇督窑，因其对红釉痴迷，创烧出红釉新品种，史称郎窑红。与郎窑红相映成趣的是郎窑绿，世珍罕见。郎窑绿釉玻璃质感强，开小碎冰片纹，俗称"苍蝇翅"，形象但不悦耳。可能由于郎窑红名气过大，郎窑绿在历史的长河中就被淹没了，非专业人士不知其存在。

瓜皮绿由明入清，自康熙朝烧造广泛，其绿色均匀沉静，正派阳光，实物却与瓜皮之色大相径庭。瓜皮绿素器为多，显然目的在于表现其色，不表现其他。康熙后期，又试烧成功浅绿，又称"湖水绿"，如一泓湖水，故宫博物院藏一套湖水绿暗花杯及盏托，精巧别致，应由御窑厂专为康熙皇帝所制。还有诸如苹果绿，色泽青翠，观复博物馆所藏郎窑绿釉梅瓶，为康熙一朝创新品种。

清康熙　湖水绿釉暗花杯及盏托
故宫博物院藏

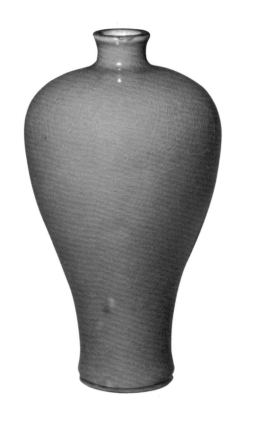

雍正一朝，由于雍正对颜色釉的偏爱，早期的年希尧，后期的唐英都不遗余力为取悦皇帝努力创新。绿釉的品种花样翻新，除传统的瓜皮绿外，湖水绿、秋葵绿、葱心绿、松石绿等等，衍生品种繁多，并影响整个清朝。故宫博物院所藏葱心绿绶带耳瓶，造型经典，凡瓷器主要品种，青花、粉彩、青釉、厂官釉等多有涉及，但葱心绿品种的绶带耳瓶世所仅见。

乾隆皇帝生活养尊处优，陶瓷品种至此达到顶峰，各类釉色已呈现目不暇给之态，皇帝的审美再高亦有走向歧途的危险。松石绿镂空花篮是唐英为取悦皇帝烧造的淫巧之作，工艺虽高，但已脱离陶瓷的本质，变成纯粹的观赏物，成为乾隆一朝独特的代表作品。

清康熙　郎窑绿釉梅瓶
观复博物馆藏

清雍正　葱心绿釉绶带耳瓶
故宫博物院藏

结语

　　绿釉的客观之色在陶瓷之路漫长的表达上一直不卑不亢，许多时候亦有力不从心之感。陶瓷烧造中人们还是愿意追求主观之色的表达，因而成全了青釉，使之成为陶瓷家族最庞大的一支。

　　在绿与青之间，一客观一主观，一低温一高温，一观赏一实用，从哲学层面，技术层面，美学层面，都恰到好处地说明了人类文明进程中的同一事物的两面。仔细思考这两个方面，不仅对陶瓷能增加理解深度，更多的是对历史—我们梦寐以求的成因，可能找到另一条思路，从而让历史趋向真实。

✳

江南好，风景旧曾谙。
日出江花红胜火，**春来江水绿如蓝**，
能不忆江南。
——唐　白居易　《忆江南·江南好》

清乾隆　松石绿釉镂空花篮
故宫博物院藏

百般红紫斗芳菲 *

红
釉

红釉在陶瓷上的追求包涵着极其深厚的社会学含义。它不仅仅是对生命原色的尊重，更深层次的是中华文化初始之色的刻意表达。农耕文化自古尚红，绵延不绝。原始人类文化图腾的巫术中，血液充当了极为重要的角色，这让起源于蒙昧时代的先人们对生命之源——血液有了有限度的了解。

　　农耕文化就是在这蛮荒时代的笼罩下，逐渐摆脱了愚昧，一步步地坚实走来。红色给了他们希冀，尽管自然界中红花盛开，但追求生命原色非天然的表达，陶瓷还是走过了漫长而艰辛的道路。彩绘陶器上的红色，大都起着画龙点睛的作用，秦汉时期的陶俑，刚出土时大都可见鲜红的描绘，在氧化作用下，多数红色会渐渐变暗，甚至最终无色无光，让红色成为记忆。

　　古人在陶瓷红色追求之路上走的艰辛，红釉偶然生成的条件苛刻，不像青、赭、黑、绿、黄等诸色自然生成的条件宽泛，在千度以上的高温中，以铜为呈色剂的真正意义的红色，只有百分之一的空间条件，稍有倦怠，形成条件转瞬即逝。

　　绝顶聪明的中国古代工匠，就是在这转瞬即逝的机会中，悄悄攥住红釉的神经。尽管等待的时间漫长，但当它被牢牢控制住的时候，犹如一条在水底沉寂许久的大鱼，跃出水面时浪花飞溅，景象壮观。

原始农业的出现，让古人的自然崇拜发生了变化。中华民族先民的性格理念，多是农耕民族的特点，本分而务实，保守而厚重。由于农耕民族依赖土地生存，对土地产生崇拜，每年的春与秋都会以庄重的形式祈年和报功。久而久之，形成了中华文化上丰富多彩的春社和秋社。"社"至今仍是个集体概念，古代祭祀选址而行，这个址就形成了"社"。

古人在社进行祭祀活动，宰牲为必备。宰牲之血汩汩流出之时，浸入土地，说明先民对土地已有生命的认识。《周礼·大宗伯》载："以血祭祭社稷。"鲜红之血不论源出动物还是人本身，古人都已知此乃生命之源。考古发现，旧石器时代的文化中，普遍崇尚红色，比如北京周口店山顶洞人，把红色粉末撒在亲人尸体周围，饰物的孔洞中留有红色痕迹，这时候的红色已不再是简单的生理刺激，而是包含了某种观念。红色早在远古时代就被赋予人类文化的多重含义，其中包括艺术的成分。

新石器时代文化中开始容易找到人工之红。黄河流域仰韶文化的陶器中，部分作品明显兼用红色。彩陶之彩经过高温，因而坚固耐用，郑州市大河村博物馆藏仰韶文化彩陶双联瓶，腹部均施红彩，然后绘黑色弦纹，世所罕见。甘肃省博物馆藏马家窑文化彩陶垂弧纹罐，纹饰黑红相间，黑多红少，在马家窑彩陶中常见。山东省文物考古研究所藏大汶口文化八角星纹彩陶豆，几乎满施砖红彩，然后再用白彩绘其独有的八角星纹，全器远观已有"红器"效果。中国社科院考古研究所藏夏家店文化彩绘陶罐，红白两色平分秋色，点缀黑彩，图案华丽诡异，充满神秘色彩。

这些彩陶纹饰中的红色虽不是鲜红如血，但已明确是红。

仰韶文化　彩陶双联瓶
郑州市大河村遗址博物馆藏

马家窑文化　彩陶垂弧纹罐
甘肃省博物馆藏

穿越数千年仍保留远古崇拜的气息。用矿物质人工涂红，在新石器彩陶文化中显示出了强大的生命力，传递着古人发自内心的声音。对于生命，对于鲜血，对于红色，古人就是这样一点一滴地积累，让红色溶入鲜血，让鲜血溶入生命，让生命不再局限于生命。

大汶口文化　八角星纹彩陶豆
山东省文物考古研究所藏

夏家店文化　彩绘陶罐
中国社会科学院考古研究所藏

秦汉·魏晋·南北朝

彩陶文化随着奴隶社会的出现渐渐远去，陶器由于原始青瓷的出现不再独霸天下。这时候，陶与瓷自己并没意识到将来他们会分道扬镳。在青铜时代，陶器开始注重模仿，向社会主流产品靠拢。商周以后，单色的陶器大量出现，尤其仿青铜造型的器物增加，显然因此缘故。

在青铜时代，质地变得重要，色彩变得不那么重要。这个重造型的年代，实际上是人类文明共同走过的道路。由于金属熔化后极强的成型能力，青铜文化让素陶注重造型，施彩已不是最重要的装饰手段。

陕西历史博物馆藏春秋彩绘陶双耳壶，红彩绘不规整云雷纹；首都博物馆藏战国双兽耳彩绘陶壶，与新石器彩陶不同，所绘红彩未入火烧制，故保存不易，大部分红彩漫漶不清，甚至已近乎完全失去。

西汉是封建社会的第一个高峰，所展现的方面十分全面，陶器制作也不例外。挟秦陶之风，汉陶彩绘不仅增多，质量也有所加强，许多红色历两千多年出土后仍鲜艳如新。陕西省咸阳市博物馆藏西汉彩绘骑马俑，俑人头戴冠，足蹬靴，上衣满涂红彩，强烈庄重，传递着两千年前汉兵强大的信号；河南博物院藏西汉彩绘三角纹陶甗，陶甗为冥器，显然为继承先秦丧式，追求青铜礼器之风。所不同的是此器红彩几近满施，满视野红色，使其他颜色黯然无光。

秦汉陶器之彩绘，用之于生活描绘为多，用之于礼制染色为少。秦兵马俑、汉兵马俑，虽尺寸有异，地域有别，但用红色点缀其间，表达其意并无明显区别。生活之红色在衣裳，在绦带，在靴冠，在生活的细节与信心的表达，俑之红色与其说

春秋　彩绘陶双耳壶
陕西历史博物馆藏

战国　双兽耳彩绘陶壶
首都博物馆藏

是汉代生活的写照，不如说是汉代红色意识的普及。

而器物之红，极尽表达红色的高尚含义，似乎汉代人已知道，从他们之后，红色会在陶瓷上悄悄消失几百年，所以在汉，尤其西汉，陶器能用红的地方显得热烈、自由、奔放、不拘形式。

魏晋南北朝，乃至隋朝，青瓷的崛起，迫使陶器退出历史舞台；陶器不在，红色已无用武之地，"皮之不存，毛将焉附"。

西汉　彩绘三角纹陶甗
河南博物院藏

西汉　彩绘骑马俑
陕西省咸阳博物馆藏

唐代红釉

让红釉依附于瓷之上，对古人是个天大的难题。原因是红釉的烧成条件苛刻，往往偶然生成，而让工匠总结的机会总是很少。在千度以上的高温区，只有铜元素能让瓷器呈现真正意义的红色，但呈色的宽容度极窄，过高或过低，铜红色都会"灰飞烟灭"，留下一片空白。

今天能看到的留下最早铜红釉的实物是长沙窑作品。长沙窑过去名不见经传，历代文献也不见记载，最早发现窑址在1956年，距今不过半个世纪。在此之前，西方有学者零零星星地研究过长沙窑，研究也不得要领。直至长沙窑址发掘，特别是1998年印尼海域唐沉船"黑石号"发现之后，长沙窑的面目得以全面揭开。

黑石号沉船打捞了两年多，共捞出了67000件唐代文物，瓷器占绝大部分，仅长沙窑瓷器就有56500件之多，由于沉船遗骸埋于细海泥，大部分瓷器保存完美，崭新如昨。长沙窑的成就这次面世，使人一改过去对长沙窑作品粗糙之观念，长沙窑的釉下彩绘、文字装饰、贴花模印、颜色釉及窑变釉，都让陶瓷界震惊，让人刮目相看。

长沙窑中的铜红釉作品存世量少，过去一直被认为可能属偶然烧成，算不上品种。以铜为呈色剂，在高温下呈现红色，本是钧窑对中国陶瓷史的贡献；谁知长沙窑的出现，改写了这一有定论的历史。1999年，长沙市文物考古研究所在长沙窑遗址出土一把铜红釉执壶，通体玫瑰紫红，微微泛出绿色苔点；执壶造型为唐之典型，釉色为唐之独见，退回1200年前设身处地去想，这红釉执壶乃是最高科技产品，给人耳目一新之感。

另有一把唐红釉执壶，与上述执壶釉色近同，造型有异但也是唐之造型，施红釉依然通体，显得纯熟；唐长沙窑红釉作品虽在长沙窑中少见，但其规律已证明红釉产品已不是偶然。

　　红釉在唐，仅长沙窑一枝独放，且长在深山人未识；长沙窑的红釉，虽罕见但重要，证明铜红釉早诞生几百年。尽管研究重视长沙窑比起其它名窑迟了，但它如同"芝兰生于深林，不以无人而不芳"。

唐　长沙窑铜红釉执壶
私人收藏

唐　长沙窑铜红釉执壶
长沙市文物考古研究所藏

宋代红釉

以出土文物为准，北宋红釉仅有一件残碗，2005年于广西永福县田岭窑址出土，现藏广西考古研究所。此碗呈宋代常见的斗笠形，小足侈口，仅剩大半个；就是这大半个斗笠碗，为北宋红釉留下证据，永福窑毫无名气，也不以烧红釉为主，此碗虽满红带绿，并不排除偶然而成，孤证不证。永福窑红碗显然不能与长沙窑红釉比，长沙窑成长繁盛与衰落清晰可见，而永福窑目前知之甚少。中国陶瓷的历史即是中华文明的历史，五千年以来，我们知道的不会超过百分之五，落掉所不知的烧窑历史再正常不过了。

按过去陶瓷史说，北宋已能烧造完美的钧窑了，钧窑之中的玫瑰紫开陶瓷红釉之先河。但近些年国内外的研究，似乎还找不出北宋钧窑存在的铁证，出现的证据往往对其不利。过去那些传承有绪的宫廷钧窑，虽笼罩有经久不散的光环，但近些年逐渐褪去。

可我们仍按旧说探讨钧窑红釉。故宫博物院藏钧窑玫瑰紫釉花盆，内蓝外紫，在没有红色可资比较的年代，它可称之为

北宋 铜红釉斗笠碗（残）
广西文物保护与考古研究所藏

玫瑰红，其色艳丽；台北故宫博物院藏钧窑海棠红渣斗式花盆，亦内蓝外红，其红色直逼大红，在已知钧窑作品中应为红色之冠，这两件作品皆属清宫旧藏，巧合的是底部皆刻"七"字。钧窑红釉作品过去在陶瓷界声望颇高，"钧窑挂红，价值连城"虽为市井浅显见识，但从侧面也说明了红色在钧窑中的重要性。

假设北宋宫廷已有如此之红的钧窑作品出现，宋徽宗父子应该知足。这样明确追求、技术娴熟的红釉作品，不仅仅是科学技术的革命，更多的是美学的开拓，还有哲学的深度，社会学的丰富。红釉如果在北宋以此种状态出现，它就不再是唐长沙窑非主流的作品，也不是宋永福窑偶然所得，它已是高峰之巅的一轮红日，预示着真正的红釉将马上到来。

宋　钧窑玫瑰紫釉花盆
故宫博物院藏

宋　钧窑天蓝海棠红渣斗式花盆
台北故宫博物院藏

元代红釉

元代中国制瓷中心移至景德镇。真正意义的红釉在此诞生绝非偶然。首先是景德镇具备了红釉生成的条件，其次是元人尚红。除白色、蓝色之外，蒙古民族崇尚红色，蒙古人认为红色温暖，可以联想到火与太阳。由于游牧民族生活荡艰辛，火和太阳能给予他们温暖，久而久之，尚红文化形成。《蒙鞑备录》载："成吉思汗之仪卫……帏伞亦用红黄为主。"

红釉在元代这样一个人文背景中产生，来得热烈，令人目不暇接。故宫博物院藏元红釉印花云龙高足碗，通体施浓重红釉，虽有纹饰，但可忽略，高足形式是汉族人的眼光，在元人眼中只是把碗，那件著名的"人生百年常在醉，算来三万六千场"的把碗，告诉我们此类造型的碗元人用来豪饮。

故宫博物院藏元红釉刻云龙梨形壶、元红釉印云龙纹盘，两件作品一刻一印，都是完美的红釉作品。高温纯正红色作品在景德镇、在元代诞生，具有里程碑的意义。红釉从此真正登上历史舞台，尽管此后的路并不一帆风顺，但红釉作为陶瓷中的重要品种，尤其是最后诞生的品种，出场的意义非凡。

元　红釉刻云龙纹高足碗
故宫博物院藏

元　红釉刻云龙纹梨形壶
故宫博物院藏

元　红釉印云龙纹盘
故宫博物馆藏

明代红釉

当明朝江山坐定以后，景德镇窑厂立刻生机勃勃，尤其洪武御窑厂的恢复，真正享受其益处的反倒是大名鼎鼎的永乐皇帝。永乐皇帝好大喜功，登基又算不得名正言顺，迁都北京之后，当紫禁城完美落成之时，红釉瓷器给皇宫增添了喜色。

永乐红釉其红通透，鲜红如血。故明代文献就称之为"鲜红"，直呼其名，倍感亲切。告别了元末明初红釉色调暗且不透亮的历史，永乐鲜红之鲜之红，让世人有了"鲜红为贵"之说。故宫博物院藏永乐红釉印云龙高足碗，虽距元不过几十年，其型之美由高足变为矮足；其色之美由暗红变成鲜红；其碗内由红变白，强调对比，不再由着元人的性子大红一片，内外不分。

但永乐高足碗亦有内外兼红者。2003年，景德镇在珠山明御窑厂出土了一件内外兼红的高足碗，碗心有"永乐年制"篆书款，永乐瓷器带有年款者历来罕见，此碗因款识明确弥足珍贵。与此碗同时出土的还有永乐红釉梅瓶，有素身无纹的，也有暗刻海水龙纹的，此类梅瓶造型敦厚，为历代梅瓶之冠，似乎追摹唐代梅瓶之风，让人匪夷所思。或许永乐皇帝见过唐代梅瓶？

过去总说永宣不分，其实还可以细分。一入宣德，红釉之红又开始沉着，"牛血红"显然不是鲜红。景德镇1988年出土的宣德红釉桃形壶，桃花作盖，壶身塑枝叶，色暗沉静，与永乐之红的强烈，形成对比。故宫博物院藏宣德红釉僧帽壶，其色凝重，让人不觉红色是红，宣德红釉如"初凝之牛血"之说，在此得以印证。红釉至永宣，攀上高峰，前无古人，后无来者。永乐之红充分，宣德之红饱满；永乐之红娇媚，宣德之红老辣；永乐之红阴柔，宣德之红阳刚；永宣之红的成就让后世不可逾越。

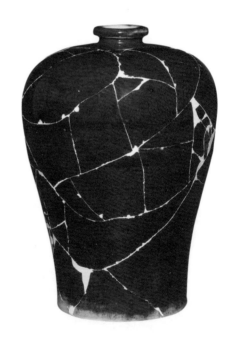

明永乐　红釉印云龙纹高足碗
故宫博物院藏

明永乐　红釉高足碗
景德镇珠山出土

明永乐　红釉暗刻龙纹梅瓶
景德镇珠山出土

明朝红釉至此已让后世无话可说。尽管永宣之后还有成化、正德、嘉靖，都烧过红釉，但那不过是秋风过后尚未飘零的几片树叶。

明宣德　红釉桃形壶
景德镇陶瓷考古研究所藏

明宣德　红釉僧帽壶
故宫博物院藏

度过漫长的冬季,红釉在明永宣之后的两百年间几无建树,当清朝康熙江山坐稳之时,与蒙古人有着血亲关系的康熙皇帝派一个叫郎廷极的人到景德镇御窑厂督窑。中央政府派人,皇帝大人钦点,可见瓷器对一个政权的重要性。

郎廷极不负皇恩,终于在康熙晚期成功烧造出红釉。郎廷极的意图明显,直逼永宣红釉,在康熙红釉诞生的那段日子,很多人认为郎廷极仿永宣红釉几可乱真。其实郎廷极还是一个颇具创意的文官,在前几任如臧应选等人督窑的基础上,郎廷极瞄准红釉,攻克难关,让红釉又如"初凝之牛血",让红釉好到能以他的名字命名——郎窑红。"脱口垂足郎不流",一句俗到家的俗语,却在陶瓷界流传不息。故宫博物院藏郎窑红釉穿带瓶,按其"脱口垂足郎不流"的标准,丝丝入扣,以至连乾隆皇帝看见祖父时期之作还误认为此瓶为宣德作品,高兴赋诗曰:数典宣窑斯最古,谁知皇祐德尤崇。

郎廷极在郎窑红创烧的同时,还恢复了霁红,创烧了豇豆红。豇豆红又称美人醉、娃娃脸、桃花片,可见其妩媚动人。豇豆红作品常常带绿色苔点,如同美人脸上的痣,显得更加销魂动魄。故宫博物院藏豇豆红菊瓣瓶,色泽之清嫩,品质之洁净,让观者观一器可体会三昧——美人醉、娃娃脸、桃花片。

至于霁红,自康熙起,历雍正至乾隆发扬光大,炉火纯青,釉色冷静无华,釉面呈桔皮皱,一副中规中矩、无欲无求的模样,故宫博物院藏霁红釉梅瓶,从造型到釉色,无缺陷可挑,无优点可褒——全是优点,像一个橱窗中的美人,没有缺点,但又挑不起观者兴趣。

康乾盛世,各类红釉增多,康熙的吹红笔筒,雍正的粉红

清代红釉

清康熙　郎窑红穿带瓶
故宫博物院藏

清康熙　豇豆红菊瓣瓶
故宫博物馆藏

清雍正　霁红釉梅瓶
故宫博物馆藏

清康熙　吹红笔筒
观复博物馆藏

清乾隆　珊瑚红釉罐
观复博物馆藏

清乾隆　胭脂红釉灯笼尊
故宫博物院藏

釉蒜头梅瓶；乾隆的胭脂红釉灯笼尊、窑变红侈口尊、珊瑚红釉罐，都是实物例证。康雍乾三朝，将红釉细分为：郎窑红、霁红、豇豆红、珊瑚红、胭脂红、盖雪红、窑变红、金红、年窑红、洋红、蔷薇红、玫瑰红、钧红、仿朱漆、仿剔红，品种繁多，名称亦有重叠，各自定名出自各自感官。但仅以名称而言，红釉在清朝康乾盛世无疑是百花盛开，推陈出新的黄金年代。

清雍正　粉红釉蒜头梅瓶
故宫博物院藏

清乾隆　窑变红釉侈口尊
观复博物馆藏

结语

红釉在瓷之色的追求上技术难度最大，唐宋之前毫无诞生的迹象，即便在唐在宋，红釉从未挺直腰杆，大步走上前台。红釉像一个藏在大地深处的矿藏，不深掘不可能得到这块宝藏。

中国工匠用了超过一千年的时间，在瓷之路上跋涉，遇山修路，遇水架桥。功夫不负有心人，当某一天攀上峰顶之时，看见喷薄欲出的朝日，才知道幸福到来只是一刻，追求可能会是一生。这一生就是千年。

如果往前推，当我们的祖先认知血液是红色，代表生命的那一刻起，追求生命之原色，也许就成为民族的灵魂。我们是农耕民族，不可避免地具有农耕民族的缺点，也不可避免地具有农耕民族的长处，这缺点是我们蔑视贸易，这长处是我们青睐发明。

红釉是我们民族的一大发明。发明的历史虽短，追求的历史却很长。

草木知春不久归，**百般红紫斗芳菲。**
杨花榆荚无才思，惟解漫天作雪飞。

——唐 韩愈 《晚春》

影落明湖青黛光 *

蓝
釉

蓝色在古人眼中实在算不上吉祥之色，大凡沾上蓝色还带点儿恐怖。佛经中恶鬼的名字有叫蓝婆的，可能出于蓝色属最冷色调，塑像中常涂抹在脸上，用其色唬人；古代乡试中的考卷如遭污损或不合程式，考官会用蓝笔写明处分，称为蓝单，考生见蓝单则如丧考妣；唐人段成式在《酉阳杂俎·虫篇》记载："蓝蛇，首有大毒……南人以首合毒药，谓之蓝药，药人立死。"听之悚然。

　　在中国古代陶瓷文明之路上，蓝釉出现得几近最晚，唐代之前没有丝毫蓝色的釉彩迹象。从烧造的偶然性上讲，蓝色的出现极有可能，但工匠们没有意识要开掘蓝釉产品，所以直至唐早期，唐三彩的出现才让蓝釉谨慎登场。

　　蓝釉的出现应该与思想解放有关。大唐张扬的个性，开放的思想，使蓝釉出现时既抢了风头，又不喧宾夺主。在中华文明的传统文化队伍中，蓝釉姗姗来迟，踩着迟疑的脚步，缓慢地挤进这支队伍，希望与之同行；但蓝色实在太各别了，文学赋予它的社会角色很难轻易改变，尤其近乎黑的深蓝色，带给社会的信息多为不祥，"身色皆蓝淀，情田尽虎狼"〔《敦煌变文集·维摩诘经讲经文》〕。

　　但历史的神奇就在于变化，千变万化，令人始料不及，蓝釉的出现正是这样。

唐代蓝釉为唐三彩仅见。三彩的主色调为黄绿白，蓝与黑少见。尤其以单色形式表现，黄绿白居多。初唐的早期三彩似乎还没意识到复色的表现能力，总是一板一眼地循规蹈矩，黄就是黄，绿就是绿，蓝就是蓝。

但黄绿两色自汉以来曾显赫一时，虽魏晋之后风光不在，但也从未彻底销声匿迹。这种低温铅釉陶不管是由外来输入还是本土生长的，都不妨碍它在釉陶领域的成就。黄绿两色所代表的生命特性，让中国人时常感到寒来暑往，秋收冬藏的周而复始；蓝色的突然闯入，今人看着再耳目一新，也不如唐代人的感受强烈。

1998 年春，河南偃师恭陵哀皇后墓被盗，后追回文物约130 件，其中大部分是唐三彩。此墓纪年明确——唐垂拱三年〔687 年〕，主人是唐高宗李治五子李弘〔652－675 年〕，曾立为太子，其母为大名鼎鼎的武则天。李弘 24 岁暴死，有传言为武则天所害。他死后一年，其妃裴氏也悲愤死去，于垂拱三年合葬于恭陵。

此时尚在唐早期，三彩多为单色作品，复色作品亦显单薄。其中最引人注目的是蓝釉作品的出现。三彩之蓝色色泽饱满莹润，给人以强烈的视觉感受。有意思的是蓝釉作品与黄绿两色并行，常常同一造型以不同色釉出现，给人以平分秋色之感。显然，这是工匠刻意而为，也是社会风尚所致。

三彩之蓝釉开钴料呈色之先河。几百年后的元代蓝釉其呈色原理不过如此，并无新意。这是一种真正意义的蓝釉，色度饱和，充满了幻想，与先前汉文化所能接受的任何颜色都不同。这种梦幻般的蓝色后被文人命名为霁蓝，霁的本义按《说文》

唐　蓝釉长颈瓶
恭陵哀皇后墓出土
洛阳博物馆藏

唐　蓝釉净瓶
河南博物院藏

唐　蓝釉高足盘
恭陵哀皇后墓出土
偃师商城博物馆藏

解释：雨止也。即雨过天晴。

雨过天晴是一种透亮的感觉，并不是颜色。河南博物院藏的蓝釉净瓶，其色深沉覆盖胎体，给人以无尽夜空的湛蓝之感，蓝得如此透彻。

以钴为呈色剂，让陶瓷呈现诱人的蓝色显然不是传统文化的常规审美。无论钴料来源何处，是中东阿拉伯地区，还是国内甘肃、河北地区，这种与中国传统审美大相径庭的蓝色一定获得了某种启示。文化基因的突变从不会自身发出，往往受到外来文化侵入式的改良，从此焕然一新。中华文化包容性广泛的根本原因，则是文化形成的初期，文化的来源丰富，经过历练，最后形成了一种大家族式的文化。

西亚地区在中世纪早期，文明发达，蓝色作为新崛起的伊斯兰文化的主色调，曾被广泛地运用到日常器皿以及清真寺院等建筑上。无论是陶器制品，还是玻璃制品，这种幽暗的蓝色都在传达伊斯兰文化的强烈信息，向世人表达这种蓝色所包含的文化内容。

漫长的古丝绸之路上，驼铃声声中将伊斯兰文化的主色调带到了中原大地，早夭的唐太子李弘把证据留在属于他的最后空间中，跨越1300年后，偶然展现在我们面前，让我们知道先人还有这样一段文化交往的浪漫，还有这样宽容大度的襟怀；面对近乎无限幽远的深蓝色，我们深知自己不过在无限中获得了有限的一点，在有限中体会到先人创造的乐趣。

蓝釉的表现力在唐三彩中出现了一道难题。除容器外，唐三彩极尽造型能力，将动物中的骆驼与马等，人物中的文武官员和仕女都制做得栩栩如生，且非常个性化。尤其骆驼与马，

唐　三彩蓝釉驴
国家博物馆藏

唐　三彩蓝釉驴
西安市文物保护考古所藏

在色彩上追摹客观颜色，传神生动；官员与仕女亦是如此，衣着光鲜，色泽艳丽。但蓝色在动物中不见其色，在衣着上，国人传统也多有忌讳，多用于祭祀。

唐人自有办法。国家博物馆藏三彩蓝釉驴，通体施蓝釉，仅鞍鞯施彩；西安市文物保护考古所也藏有一件，鞍鞯白彩，其驴蓝彩；两只驴均脖前伸，耳双耸，一副吃苦耐劳的神情。以常识论，驴未见蓝色，马与骆驼也未见，但为什么唐三彩中单单只有驴是蓝色的，而马与骆驼不见蓝的呢？

可能是驴之本色灰黑实在没有艺术感染力与想像力，不像马有云锦之美，驼有暖黄之色，所以唐人就大胆将驴染蓝，甚至还将兔、狮等动物染蓝，别出心裁。

衣着蓝色衣衫的人俑历代出土罕见，只有唐三彩中偶有发

唐　蓝釉兔　　　　　　唐　蓝釉狮子
日本东京国立博物馆藏　　日本出光美术馆藏

唐　蓝釉男子俑
日本出光美术馆藏

现。日本出光美术馆藏有一对蓝釉文官俑，着圆领长衫，一个
带幞头，一个带风帽；圆领长衫汉魏之前多出于西域，有别于
中原地区的交领，六朝之后渐入中原，多用于官吏。此对蓝釉
文官俑，面相似为一胡一汉，官职有别，气定神闲，尤其深蓝
色的衣衫给人以镇静祥和之感；以圆领胡服东进扩张的速度，
在唐早期仍不失为一种官方的时尚。

　　蓝釉以单一表现的力度在唐初不失为一种大胆的尝试，这
个尝试似乎并不太成功，否则无法解释单色蓝釉作品在唐中后
期极为少见的现象。西域的蓝色文化发源于草原文化，与发源
于农耕文化的绿〔包括青〕黄色多一份浪漫，少一份务实；农耕
文化的基本思想就是耕种土地，养育五谷。土地为黄，作物为
绿，在此黄此绿之中，农耕民族得以繁衍生息。

宋代是找不出唐代那么蓝的蓝釉的。宋代的美学原则不留有唐代宽容的空间，在追求颜色上总是小心翼翼的，宁亏毋盈。唐人之蓝是饱和之蓝，不再留有渲染的余地，所以宋人在此止步，并使之销声匿迹；宋人之蓝完全抱有一种幻想，不知何时能成为现实。

宋代先有一种近乎蓝色的釉色发明，这就是影青，对蓝而言，如影相随。但此蓝淡乎于白，科学上属白瓷，其呈色剂非钴而铁，所以此蓝非蓝，白之微蓝也。

再有就是孔雀蓝，准确称谓是孔雀绿。在今人眼中，此绿算是蓝，但在古人眼中，此蓝仍算是绿。早在宋朝，这种被后代称为珐华的琉璃制品应已有少量出现，但数量不会太多，并未流行。

那么宋金时期可以贴近蓝釉的陶瓷作品就剩下大名鼎鼎的钧窑了。钧窑作品分为官钧与民钧，官钧作品近些年多有争论，国际上已被划入明初之列，本书尊重分类，不做探究。那么余下民钧作品中单色一类可划入蓝釉探讨。

由于钧窑明代之前不见文献记载，故钧窑之"钧"莫衷一是。一曰钧州之钧，二曰钧台之钧。金大定二十四年〔1184年〕，始称钧州。对钧窑最为具体描绘的文献始于明朝中叶，多部文献称其"钧州窑"，然至明晚期万历年间，因避万历皇帝朱翊钧之讳，钧州改为古称禹州。河南禹县自夏就有古钧台，《左传》载："夏启有钧台之飨。"故称钧台窑为钧窑亦算一说。

钧窑应分为两人类，一类为单色作品，天蓝色为主，亦见红釉；另一类为色斑作品，另作探讨。天蓝釉作品由宋至金至元发扬光大，形成钧窑作品的主流，尤其以民间器皿为主，遍

宋金蓝釉

宋　钧窑天青釉梅瓶
辽宁省博物馆藏

宋　钧窑莲花式注碗
辽宁省博物馆藏

金　钧窑盘
山西博物院藏

及华北地区。这类天蓝色作品的呈色原理与前面的唐之蓝釉和后面的元之蓝釉完全不同，它反倒与青釉同属一家族，以铁呈色，只不过钧窑在烧造上出现了技术革命，乳光釉使它的蓝光散射，有"异光"，美不胜收。

1973 年，辽宁省建平县出土了宋钧窑天蓝釉梅瓶和莲花式注碗各一，梅瓶尺寸巨大，注碗造型优美，两器釉色润美，属钧窑珍品。

钧窑碗盘常见，金元作品为多。碗敛口，深腹，小圈足的造型为时代标准；盘又有折沿浅腹者，单色与色斑装饰并行；另见山西博物院藏天蓝色钧窑匜，造型复古，开口长流，整器观赏性大于实用性，明显看出宋金时期的文人的审美追求。

金　钧窑碗
观复博物馆藏

金　钧窑匜
山西博物院藏

故宫博物院藏有一只钧窑长颈瓶，造型流行于宋金时期。这类俗称胆式瓶的造型有玉壶春瓶之俗韵，无玉壶春瓶之内涵。但此瓶之美色匀称如酥，让人的注意力从造型中移开，以釉色夺得关注是宋金钧窑创造迷人蓝色的初衷，我们今天可以感到，一千年前的宋人更能感受到。

金　钧窑长颈瓶
故宫博物院藏

元代蓝釉迈出了划时代的一步。它的出现一直延续至清朝末年，几百年间虽有起伏，但无间断。元代蓝釉在唐三彩蓝釉的基础上，以钴为色泽本源，自元历明至清，无论深浅，都不背离原则。色泽浓淡只是创造者的意愿，并无偶尔生成之虞。

同样含钴，唐三彩乃低温铅釉，附着力有限；而元代蓝釉为高温石灰碱釉，粘稠而附着紧密。由于高温所呈现的蓝色发出宝石一般的光泽，宝石蓝成为形容词来褒扬蓝釉瓷器。

景德镇的烧造技术与条件此时跃升全国第一。元代诞生的新品种青花、釉里红、五彩、颜色釉等等，一改陶瓷千年以来形成的布局，变得一家独大，统领江山。

深沉凝重的蓝釉瓷器问世，对统治者蒙古人是个福音。元朝统治阶层中的回回人崇尚蓝色，缘于中世纪伊斯兰文化的习俗，中东地区随处可见的清真寺院，蓝色永远是基本色调。受伊斯兰艺术的影响，蒙古大汗开始对蓝色追逐，《元氏掖庭记》记载："元祖肇建内殿，制度精巧。……瓦滑琉璃，与天一色。"元朝的宫殿建设已在效仿伊斯兰风格，使用蓝色琉璃瓦，与蓝天同色。由此可见，元政府在景德镇所设的浮梁瓷局为蒙古大汗烧造蓝釉作品已是任务。1964 年，河北保定出土一批元代窖藏瓷器，其中三件蓝釉描金作品，故宫博物院入藏一件匜，与前例宋金钧窑匜相比，流已变短。河北省博物馆入藏两件，一盏一盘，三件均描金，使得蓝釉作品变得华贵。

元代蓝釉理论上产生于元青花之前。以影青、枢府单色表现形式推理，元代蓝釉无非改变颜色而已。但蓝釉颜色凝重，其表现力内敛，对欣赏者要求甚高，为迎合统治者及市场，元代蓝釉除以描金形式出现，更多地是露胎填白剔刻，最著名的

元　景德镇窑蓝釉描金匜
故宫博物院藏

元　景德镇窑蓝釉金彩月影梅纹盏
河北博物院藏

元　蓝釉白龙纹梅瓶
扬州博物馆藏

有扬州市博物馆收藏的蓝釉白龙梅瓶。

除景德镇蓝釉以外，元代钧窑仍肩负重任。钧窑入元，单色作品仍为主流，内蒙古呼和浩特出土的钧窑大香炉，尺寸之巨，雄浑壮硕，正面刻有"己酉年九月十五日小宋自造香炉一个"。元朝己酉年有两次，前是海迷失后〔称制〕第一年〔1249年〕，后是武宗至大二年〔1309年〕，一般认为此为后者。

元　钧窑香炉
内蒙古博物院藏

国家博物馆藏钧窑贴花螭耳连座瓶，为元代典型，流行一时；其釉色艳蓝，超出一般钧窑的表达能力，这件作品也是早年出土于内蒙古呼和浩特，可见蒙古人那时对它的热爱。

　　仅以这两件元代钧窑大器，即可看出元钧大器的风格：堆塑贴花，造型游离瓷器长处，蓝釉单一，未做色斑处理；这些工艺使得瓷器不像瓷器，且又加大了制做成本，这可能就是钧窑堆塑贴花作品后来曾广泛流行的根本原因。

元　钧窑天蓝釉贴花连座瓶
国家博物馆藏

明代蓝釉从未想过摆脱元代蓝釉制定的大好局面，因循守旧，只是偶尔做一探求。明初蓝釉作品不多，可能是因为朱元璋本人尚红，可以明显地看出这一时期釉里红作品大量生产，成为主流。洪武一朝有外酱釉里霁蓝釉碗盘一类作品；永乐时期瓷器品种开始增加，许多品种烧造技术已非常娴熟。近些年景德镇珠山明初永乐御窑厂出土瓷器无数，白釉、红釉、酱釉等颜色釉都有，唯独不见蓝釉作品，可见统治者对蓝釉具有禁忌。

统治者的禁忌在民间未必遵循。1966 年，南京市中华门外明墓出土蓝釉执壶一把，其造型脱胎于元，盛兴于明初，其釉色较之后来的宣德为暗；而 1974 年江苏省江阴市永乐九年〔1411年〕纪年墓出土的另一把无柄小壶，两侧设穿带耳，保留了游牧民族的遗风，此壶虽小，但十分精致，蓝色纯正，恰到好处地填补了永乐时期蓝釉作品的空白。

进入宣德一朝，情景迅速改观，宣德一朝不仅多见蓝釉作品，而且声名远播，像一面刚刚升起的旗帜，在明代御窑厂上空飘扬。宣德的宝石蓝釉，光亮如宝，蓝色幽翠，其美名自出世一直延续至今。台北故宫藏有大量的宣德蓝釉作品，以碗盘小件为主。例如蓝釉大碗，灯草口，内外匀施蓝釉，暗刻款；又如外蓝釉内白釉仰钟式碗，造型敦厚，底署青花两行六字楷书款；台北故宫总共有两百件以上署宣德款蓝釉作品，推测应为明宣德时期宫廷祭器。

在蓝釉大举推行的宣德时代，洒蓝釉意外诞生。洒蓝是一种不均匀的施釉效果，一开始很可能是偶然出现，经工匠和文人总结，化腐朽为神奇，化失误为刻意，宣德一朝开始追求这种斑斑驳驳的施釉效果，仅限于蓝釉。洒蓝因此有了一个诗意

明代蓝釉

明永乐　蓝釉执壶
南京市博物馆藏

明永乐　蓝釉淋洗壶
江阴博物馆藏

明宣德　蓝釉暗花双龙纹碗
台北故宫博物院藏

明宣德　蓝釉钟式碗
台北故宫博物院藏

明万历　蓝釉碗
故宫博物院藏

明宣德　洒蓝刻花鱼藻纹碗
台北故宫博物院藏

明成化　蓝釉盘
台北故宫博物院藏

明嘉靖　蓝釉梅瓶
故宫博物院藏

明弘治　蓝釉描金牛纹双耳罐
故宫博物院藏

的名字——雪花蓝，纷纷扬扬，洋洋洒洒，成为一代名品。

如永乐时期一样，明宣德之后蓝釉作品锐减，但从未灭绝，台北故宫有成化蓝釉盘，北京故宫也有弘治、嘉靖、万历蓝釉作品；蓝釉像一条河，时宽时窄，时急时缓，釉色几无变化，走完了明朝近三百年的路程。

明宣德　蓝釉刻花莲瓣纹壶
台北故宫博物院藏

清代蓝釉

蓝釉入清，一切大变。顺治及康熙早期的动荡局面在康熙政府高压与安抚政策并举之下，社会逐渐趋于安定。景德镇瓷业一步步恢复，康熙十年〔1671年〕已奉命开始烧造祭器。作为传统陶瓷品种的霁蓝，已名正言顺地成为天地日月四大祭器之一，霁蓝亦写祭蓝就缘于此。

祭祀之器早在明初朱元璋登基后就制定了规矩，《大明会典》载："洪武九年，定四郊各陵瓷器，圜丘青色，方丘黄色，日坛赤色，月坛白色，行江西饶州府，如式烧造解。"圜丘青色即霁青色，就是通常所说蓝釉，今天去天坛看其琉璃瓦就是这种霁蓝色，深邃沉着。

康熙一朝有足够的时间与能力恢复明末以来被破坏的景德镇制瓷业。在康熙统治的六十一年中，明代的名品全部得以复烧成功，这完全依赖康熙朝廷的督理陶务制度，这一制度为清代瓷器的繁荣奠定了坚实的基础。

康熙蓝釉开始分出深浅，深者为传统霁蓝釉，祭器常用；浅者为新创品种，色淡如晴天，故称天蓝釉。天蓝釉的影响在有清一朝持续至清末甚至民国初年。天蓝釉在陶瓷中是一种崭新的釉色，虽同为蓝色，但也与霁蓝釉色相差甚远，让人实在感觉不出二者为一奶同胞，而霁蓝釉与天蓝釉呈色原理相同，只是程度不一罢了。故宫博物院藏康熙天蓝釉琵琶尊，釉色纯净如碧空千里，让人可以充分体会天蓝釉之美妙。

雪花蓝在明宣德昙花一现后再未出现，康熙中期后却大放异彩。史籍称之为"吹青"，民间俗称"洒蓝"，史籍重工艺，民间重感觉，各有各的角度。康熙洒蓝喜描金，是否受元代霁

清康熙　天蓝釉琵琶尊
故宫博物院藏

清康熙　洒蓝描金提梁壶
故宫博物院藏

清雍正　青金蓝釉洗
观复博物馆藏

清雍正　月白釉凸莲瓣花口瓶
故宫博物院藏

蓝釉描金的影响不得而知，故宫博物院藏洒蓝描金提梁壶，金彩大部已失，余下斑斑驳驳，别有一番韵味。

雍正朝又将天蓝釉细分为二，深者仍为天蓝，浅者近乎月白。蓝釉至月白色已走至尽头，在月白与白之间，只留有幽幽的蓝色，这种蓝已不是色，变成了一种情绪，保留了制作者内心的寄托。月朗风清，悠悠万物，唯此为纯。让蓝色醇厚为霁蓝，让蓝色纯净为月白，古人在这道路走了上千年，才让我们见到它们的终点。雍正月白凸莲瓣长颈瓶其蓝近乎于无，莹润含蓄，一反前朝奔放，成为小家碧玉。

雍正皇帝艺术修养颇高，对瓷器之热爱发自内心，故雍正朝在前人基础多有创新。蓝釉的新品种——青金蓝由此诞生。雍正青金蓝洗，釉色如泼，酣畅淋漓，与康熙洒蓝纷纷扬扬的感觉拉开了距离，一是倾盆大雨如注，一是漫天飞雪飘扬；一是夏雨之疾，一是冬雪之徐；在这样一个斑驳陆离的釉色之中，古人愣是制造了玄机，雨雪互见，不分伯仲。

蓝釉在乾隆一朝乃至以后各朝，变得中规中矩，墨守成规。似乎蓝釉的天地已被前人占去先机，乾隆朝不再摸索创新，创新精神都在摸索奇技淫巧之器。乾隆朝的美学走向了最有广泛群众基础的艳俗领域，瓷器的表达不再强调含蓄、韵味，而是追求华丽、热烈，一出现就要满堂喝彩。这种背离了单色釉内心追求之举，将蓝釉最终的篇章，如同合唱中的副歌，反复歌唱，整齐划一，直至散场。

结 语

　　蓝釉的出现显然来自一支外来的力量，中国早期传统文化对蓝的认识有很大局限。当西域的驼铃声由远及近的传来，为中华民族不仅带来美妙的声音，还带来了丰富的色彩。聪慧的中华民族对一切熟悉的不熟悉的颜色都感兴趣，正因为如此，五千年的文明才最终构成五色斑斓的中华文化。

　　蓝釉在唐，似无目的。染物之易，随心所欲；染人之易，胜于丹青。蓝釉在元，沿袭旧俗，亦来自西域。苏泥勃青也罢，回回青也罢，理论上讲以钴为其呈色剂，单色蓝釉早于青花；蓝釉在明，一面大旗，一支队伍，肩扛手执，无论风光无限亦或艰难跋涉，这支队伍最后还是走到了终点，尽管此时已人疏马稀；蓝釉在清，肩负之责任多重也轻，开拓之精神多拙也巧，于是蓝釉不再以蓝为荣，称之吹青〔洒蓝〕，称之月白，称之青金……

　　每一种特定的颜色都在漫长的中华文明史中形成了特定的文化内容，即便是外来文化带给我们的种子，在这块肥沃的土地上依然能长成参天大树，福荫后人。

※

我本楚狂人，凤歌笑孔丘。
手持绿玉杖，朝别黄鹤楼。
五岳寻仙不辞远，一生好入名山游。
庐山秀出南斗傍，屏风九叠云锦张。
影落明湖青黛光，金阙前开二峰长，银河倒挂三石梁。
香炉瀑布遥相望，回崖沓嶂凌苍苍。
翠影红霞映朝日，鸟飞不到吴天长。
登高壮观天地间，大江茫茫去不还。
黄云万里动风色，白波九道流雪山。
好为庐山谣，兴因庐山发。
闲窥石镜清我心，谢公行处苍苔没。
早服还丹无世情，琴心三叠道初成。
遥见仙人彩云里，手把芙蓉朝玉京。
先期汗漫九垓上，愿接卢敖游太清。

——唐 李白 《庐山谣寄卢侍御虚舟》

219

为有源头活水来*

官
釉

当盛唐陶瓷形成南青北白格局之时，一股潜在的势力悄然生成。陶瓷本是化腐朽为神奇的典型之物，出身底层，在日积月累中逐渐壮大。终于有一天，陶瓷在唐代繁荣的文化及科技的滋润下，出落得十分出息，于是它开始分野，注重物质的同时，也注重精神；官民共享，但各走一路。

　　在唐代，陶瓷作为官方认可的主要使用器皿，已由一般用具上升至高档用具，刻有"盈"字款的邢窑白瓷已是足够的证据。作为唐明皇的百宝大盈库的赏赉品，"盈"字款实际上在昭示高品质白瓷的地位；而越窑之"秘色"的记录，表明皇家独占的心态，秘而不宣，符合千百年来中国文化形成的独特神秘性。当陶瓷中的佼佼者——邢窑与越窑在唐代攀上皇家的高枝时，身份变得诡异，虽然仍为大众服务，但另一方面加紧了自身修炼，最终成为唐代陶瓷史上最亮丽的一道风景。

　　越与邢在唐青白对峙，促使官方在此框架下大做文章。官方之窑器更加注重青与白的表现，这就是官器之釉的开端。越窑之"秘色"，邢窑之"盈"白，其实就是唐代陶瓷科技的提炼，美学意识的飞跃，政治态度的认可；度过魏晋南北朝的长期分裂，唐朝催生了中国封建社会的第二次高峰，陶瓷作为重要的生活资料，分担了官民生存质量的一份责任，提供了生活中应有的一份便利。

　　越窑与邢窑在青釉与白釉各节中探讨过，在此不再做探究。瓷器在唐代慢慢成熟，因而官方独享意识并不强烈。当陶瓷挤进官方高档用品的行列之时，这个标准一旦订出又被广泛接受，官窑意识就会出现。专属陶瓷为官方提供专属服务，自唐中后期始兴，至北宋初大盛。

到目前为止，尚没有文献记录唐代官方把烧制专属窑器安排到日程上来。以后世眼光看唐代可以充当官窑器的不外乎越州、邢州以及晚唐五代的定州窑。其中白釉作品邢之"盈"字款、定之"官"字款均有不少作品及残片存世，横向比较，可以明显看出这两类白瓷大大优于同期同类作品，为皇家及官府刻意服务已不是偶然，成为必然。

纯粹的白釉出现之时，曾长久地挥舞大旗，横扫一切对手，使其透不过气来。唐代白釉的地位高高在上，藐视同侪。仔细一想，白釉在唐的的确确也有这个实力，其科技含量完全可以转化为社会地位。入选唐明皇的私库"百宝大盈库"不仅仅是对邢白釉的嘉奖，更深的含义是对其社会地位的肯定。

邢之白釉在唐风行至少两百年以上，唐李肇《国史补》说邢白瓷"天下无贵贱通用之"。此书记载着唐开元至贞元〔713～804年〕之间的见闻，天下通用，当不是初创产品。"盈"字款白瓷便在唐玄宗时期出现，开官釉之先河。

唐代官釉

唐 邢窑"盈"字款白瓷碗
观复博物馆藏

晚唐至五代，邢退定进。同为白瓷，邢窑走完了不少于二百年的辉煌之路；定窑有点儿前仆后继的意思，在邢白的基础上将白瓷发扬光大。这一时期，首现在白瓷作品底部刻划"官"款，1985 年，陕西省西安市北郊火烧壁村一次出土刻有"官"字款的白瓷 33 件，其"官"字均在施釉后未烧时刻划，清晰可见，毫无争议。此批器皿虽远不能证实为唐代宫廷所用，但也已完全区别一般民用作品，至少为官府所用，完全可以说这就是官窑作品的萌芽阶段。

随之后来的辽"官"、"新官"、宋"官"都在此基础上延续，强调"官"之身份，区别于民之窑器。

而"秘色"瓷却不见刻款，只见文献。千百年来一直困扰着刨根问底的文人。唐诗人陆龟蒙的《秘色越器》，极尽赞美之能事；徐夤的《贡秘色茶盏》，阿谀奉承地道出"贡"瓷本质，让秘色越器与官釉沾上了边。

唐　五代白釉"官"字款碗
西安市文物保护考古所藏

秘色之青釉的提炼，无意中成为邢定白釉的劲敌；青釉历史虽长，但入唐以来不敌异军突起的白釉，道理其一是白釉代表当时的先进生产力，其二是唐的政治中心一直坚守在北方，南方在北方眼中有蛮荒之嫌。秘色青釉暗自提高，自我刻苦修炼，以"贡"之方法大举占领皇家领地，潜移默化，最终让宋之官釉效仿了青釉系统，在青釉漫长的发展大业中，宋官釉踏上了几乎没可能踏上的天阶。

唐　秘色八棱净水瓶
法门寺博物馆藏

唐　秘色圆腹长颈瓶
观复博物馆藏

　　法门寺地宫偶然出土的秘色瓷，于唐咸通十五年〔874 年〕
封闭地宫后从未被搅扰。明确无误的《衣物账》将秘色的千年
之谜瞬间解开。法门寺地宫的越窑秘色青瓷不仅仅是皇家瓷器
之代表，更重要的是千年秘色之标准，让世人有机会以此为标
准看待早年或来年出土的越器。唐朝皇帝将 16 件秘色青瓷埋
入地宫，目的仅是供奉佛祖释迦牟尼真身舍利所用，这显然是
对秘色贡瓷身份的认可。这有意无意之举，将秘色青釉抬高，
成为后世摹仿的发端。

北宋汴梁的歌舞升平在《清明上河图》中随处可见。对艺术有着执著偏好的宋徽宗兴趣广泛。没有迹象表明他的前任皇帝时已有官窑出现，在徽宗之前，使用定州白瓷理所当然。定窑白瓷"官"字款绝大部分出土于五代及北宋前期墓葬，这与文献记载时间也十分吻合。以北宋徽宗时期为界，前未见官窑青瓷记载，著名学者苏轼、邵伯温等文字仅限定窑；宋室南渡之后，方见叶寘有北宋官窑记录，并留下千年被误读之句"本朝以定州白磁器有芒，不堪用，遂命汝州造青窑器。"叶寘明确指出："政和间京师自置窑烧造，名曰官窑。"

结合事物与文献，清晰可见宋官釉由白向青至北宋徽宗时期突变，原因并不复杂，徽宗皇帝个人好恶使然。宋徽宗赵佶耳朵根子很软，大奸臣蔡京和道士们设法让他信奉道教，徽宗皇帝也的确是顺着这条道路走的，笃信道教，崇尚青色，因此徽宗开始嫌弃定窑白瓷，刺目而不堪用。

官窑在徽宗执政的鼎盛之时政和年间应运而生，推测规模不算很大，以烧制青釉为主，与以往所不同的是，此青釉不追求青，追求灰蓝色调，沉稳冷静，不拘一格，称之官釉。

北宋官窑实物未见明确纪年出土，传世品多为明清宫廷旧藏，过去对宋官窑中北南宋之分尚无标准，为保险起见，各类书籍中将宋官窑要么标宋，要么标南宋，罕有标北宋者。从理论上讲，北宋当有官窑烧制，原因有三：一宋徽宗本人的热衷与追求；二南宋文献记载；三有汝窑佐证；这三点已足以证明北宋官窑的存在，但究竟哪类官窑为北宋之作呢？

南宋都城杭州乌龟山郊坛下窑址，凤凰山老虎洞窑址，两处窑址在20世纪一首一尾被偶然发现，幸运提供了解决这一难题的思路。这两处窑址出土的残片与残器数量惊人，公私收藏均丰富。其中老虎洞窑址修复器基本可以反映南宋官窑面貌，让宋官窑面目越发清晰。例如：大鹅颈瓶、梅瓶、纸槌瓶、樽式炉、洗等等，其造型多为宋官窑系统典型造型，其成熟之状显然有本可依，而非新创。

南宋　官窑大鹅颈瓶
杭州老虎洞窑址出土

南宋　官窑梅瓶
杭州老虎洞窑址出土

南宋　官窑纸槌瓶
杭州老虎洞窑址出土

南宋　官窑樽式炉
杭州老虎洞窑址出土

南宋　官窑洗
杭州老虎洞窑址出土

宋　官窑琮式瓶
日本东京国立博物馆藏

宋　官窑琮式瓶
台北故宫博物院藏

宋　官窑琮式瓶
英国大维德基金会藏

宋　官窑琮式瓶
原藏扬州市文物商店

南宋 龙泉窑琮式瓶
四川遂宁金鱼村出土

对照传世官窑，确有差异存在。传世官窑中有胎厚重、釉乳浊、色灰蓝之作，与老虎洞官窑的胎薄、釉玻璃质、色青者并无共同之处，甚至有的连造型都不相同。日本东京国立博物馆、英国大维德基金会、台北故宫以及江苏扬州文物商店旧藏之官窑琮式瓶，外方内圆，尺寸差距不大，釉色多为灰蓝，乳浊而不透明。尤其是造型，工艺手法拙朴，看似方而非方，先做圆桶状，后另粘合四个三角形，构成方瓶印象。这类琮式瓶在南宋官窑遗址出土中未见类似者，而南宋龙泉琮式瓶则是外方内方，另一副天地。

以此瓶为例，我们似乎可以将北南宋官窑细分。胎：北宋厚重，南宋轻薄一些；釉：北宋乳浊不透，南宋透而玻璃感强；

色：北宋强调灰蓝基调，南宋则以天青为主；再有就是造型的时兴与淘汰，工艺手法的进步等等……按照这个思路，故宫博物院藏官窑圆洗似乎可以划为北宋。

虽然有关北宋官窑存在的文献不多，虽然北宋官窑窑址至今尚未发现，但历史遗存可以证明北宋官窑的存在。否则南宋人叶寘的记载"袭故京遗制，置窑于修内司，造青窑器，名内窑"就说不通了，南宋官窑的刻意追求也就显得勉强。

北宋官窑的存在为后世树立了标杆，其中重要的是釉色。在此之前，青釉之色极为随意，无论是唐五代之越窑，还是北宋之耀州、龙泉，都呈现一种自由的表达意愿，都尽可能地展现地域文化的影响，而北宋官窑的出现，将其釉色推至哲学高度，传达道教思想，定立美学规范，最终变成跨地域文化的皇家经典。

汝窑的名气如雷贯耳，南宋人周辉已发出"近尤难得"的感叹，可见其地位与稀有。汝窑作为北宋宫廷御用瓷器已是定论，它应先于官窑存在大约二三十年，应在北宋神宗至徽宗时期。汝窑的出现，显然是皇帝的好恶使然，使了上百年的定州白瓷腻了，腻了就显刺目，不再让人喜欢。皇帝就有这个好处，不喜欢就命令另烧它色瓷器，当时的河南河北的窑场大部分会烧青瓷，按叶寘的话，"河北唐、邓、耀州悉有之"，只不过"汝窑为魁"。

汝窑为魁就决定了汝窑的命运，官运亨通。优品供御，次品上市，直接反映了汝窑的性质，尚不能算专门为皇家烧造的官窑。尽管这些年有"汝官窑"之说，不过仍是沿袭官窑思路，刻意提高汝窑出身而已。

北宋　汝窑奁式炉
故宫博物院藏

北宋　汝窑碟
台北故宫博物院藏

南宋　官窑圆洗
故宫博物院藏

北宋　汝窑水仙盆
台北故宫博物院藏

尽管汝窑的出身非皇家血统，与官窑尚有一定的差别，但不妨碍汝窑在历史与今天拔得头筹。历史上汝窑因其稀少，身价骤增，看南宋人周密在《武林旧事》中的记载，可以感受去时不远的北宋汝窑之崇高地位。绍兴二十一年〔1151 年〕十月，宋高宗赵构临幸清河郡王张俊宅第，张俊进奉汝窑一十六件。周密的这一记载是文献史上汝窑记载最多的一次。一个南宋皇帝，接受北宋父皇遗存之物，是何心情，不得而知。但此之后南宋官窑近汝而不近官，应与南宋皇室好恶有关。

　　汝窑与北宋官窑相比，色调偏青，有天青色之美誉。虽说汝窑比官窑多一分青色，但它仍为灰色调而非青色调。宋时青釉已比唐时青釉亮丽，唐越窑之艾色，宋龙泉窑之梅子青，耀州窑之橄榄色，都还是以青色为重，而汝釉中闪着难以言表的灰调子，正是权重者内心苦涩的表达。皇帝尽管高高在上，依然有自己的苦闷，北宋的徽宗、钦宗二帝，金兵重压，最终沦为亡国之君；南宋的高宗皇帝，虽续国也不比开国省心省力，颠沛流离，苦难吃尽；一旦选中临安长期驻跸，宋高宗才亲飨先农殿，以示建立国都的决心。

　　怀旧乃中华文化之特色，尤其文化一旦惨遭破坏，怀旧就成了时尚。宋高宗作为中国历史上造诣极高的皇帝之一，不可能不怀旧，不可能抹去成年之前汴梁的文化记忆，南宋官窑之修内司〔老虎洞〕窑、郊坛下窑都先后成全了高宗乃至南宋历代皇帝的文化梦想。

　　南宋官窑具有多重面貌，先是越窑供御，以解燃眉；后是经过几十年的休整，宋廷先后设窑于修内司〔老虎洞〕、郊坛下，为其烧造日用兼祭祀青瓷。南宋官窑青瓷之色稍作调整，向世俗之美迈进关键一步，加上了江南的阴柔，南宋官釉多一分妩媚，少一分沉静；多一分娇柔，少一分肃穆；让具有烧造青瓷传统的浙江各窑向其靠拢，以博朝廷欢心。

于是，就有了今天的"越窑官"，"龙泉官"之说，越窑的贡瓷由于五代以后的匣钵工艺改进，釉色变绿变亮；龙泉青瓷一入南宋，占尽天时地利，有意无意地向官釉靠拢，成就了龙泉青瓷的鼎盛。

哥窑在传统之说宋五大名窑中疑问最多，首先是其它四窑均有窑址发现，所有争论限定在这一客观基础之上；其次哥窑性质并不明确，许多哥窑作品有时又会被划入官窑之列；第三是哥窑特征中的金丝铁线仅是晚清的市井语言，不代表哥窑的文化传统。

哥窑是个来历不清的兄弟，在宋五大名窑之中突然出现，相伴而来的还是"哥哥洞窑"、"哥哥窑"这样语焉不详的词汇；晚明后又牵强附会地出现章生一、章生二各主一窑，龙泉即为弟窑这类小说家的语言。且不说就语言差异造成南北地区听来"官哥不分"，就其外观，官窑中有类似哥窑者，而哥窑中又有类似官窑者，可见二者之如此雷同。

自杭州凤凰山老虎洞上世纪发掘之后，哥窑问题再度升温。哥窑究竟是否哥哥洞窑或哥哥窑，似乎决定此谜能否顺势解开。老虎洞窑址遗存最上层被认为是元代晚期层，有一类作品与传世哥窑十分相似，让陶瓷史的这桩悬案向解开方向大大迈进一步。

其实，哥窑或类似哥窑作品在元墓早有出土，1953年上海青浦元代任氏家族墓地出土哥釉长颈贯耳瓶；1977年安徽安庆出土一批类哥窑青釉作品，其中单柄盏元代造型特征明显；这

北宋　官窑水丞
观复博物馆藏

南宋～元　哥窑花插
观复博物馆藏

南宋　哥釉长颈贯耳瓶
上海市文物管理委员会藏

南宋～元　哥窑单柄盏
安徽省博物馆藏

类哥窑作品出土时间均未早于元代，久而久之，让学术界起疑；加之元代文献记载清晰明确，有人开始怀疑哥窑是否属于宋代。

解决这个问题首先解决官哥不分问题，如能清晰分辨官哥二窑，断代还显得轻松一些，但以目前情况，官哥区分尚无可行标准，哥窑的年代就成了解决不了的问题。但有一点可以归纳，即官哥的关系，官窑形态一步步地向哥窑发展，按今天的眼光可以说官窑一步步变成了哥窑。所以那段著名的文献，元至正二十三年〔1363年〕刊行的孔齐《静斋至正直记》："乙未冬〔1355年〕，在杭州时，市哥哥洞窑者一香鼎，质细。虽新，其色莹润如旧造，识者犹疑之。会荆溪王德翁亦云：近日哥哥窑绝类古官窑，不可不细辨也。"

此段文献实际交待了官窑向哥窑发展的脉络，其中"绝〔对〕类〔似〕古官窑"一句，算是提醒世人；"哥哥洞窑"隔一句就简化成"哥哥窑"，可见哥窑定名的最终趋势；"其色莹润如旧造"与今天的仿造颇为相似，今天许多高仿宋哥窑出窑即"莹润如旧造"，观者称奇，不知情者不能想像。孔齐这段文献事隔650年后如情景再现，让我们感同身受。

宋室南迁，恰逢浙江青瓷越窑及龙泉窑已具备两大烧窑传统，在北宋官窑遗制的限定下，南宋官窑诞生且发扬光大并不偶然。南宋官釉仅将北宋官釉及汝釉延续，尤其追摹汝釉，冰裂莹润，过犹不及。偶然的是，宋末入元后哥釉的诞生，先是讹传，后细分成一派，经文人之笔，百姓之口，口口相传，宋五大名窑入明诞生，至清风靡，构成千年之谜。

明清官釉

元末浮梁瓷局在景德镇的设立，使宋元时期的官窑系统停止工作，官釉烧造已不可能。移师景德镇的瓷器烧造，开始有了官窑的明确概念，此时的官窑已不是官釉一种单纯的釉色，百花盛开的"俗且甚"的彩瓷占据了官制瓷器的领地，宋以来形成的官釉理念就此基本终止，仅留下极为少量的仿制品，供宫廷怀旧，发思古之幽情。

景德镇的优质瓷土使制作者更注重胎而不过于强调釉。宋元官哥釉由于胎色深重，几成障碍，故将主要精力放在釉的表现力上，这就是官釉形成的客观原因。而这一成就又暗合宋之美学、宋之哲学，宋官釉遂成了千年前的标榜，千年后的追摹。

景德镇的高岭土实在太完美了，用以表现宋以来的传统官釉长处变短。官釉无论北宋还是南宋，都以釉厚肥润著称，遮盖胎体是乳浊官釉的拿手好戏，厚达 5 毫米的官釉并不少见，遮盖黑灰的瓷胎，官釉显得游刃有余。而景德镇的瓷胎雪白，不用费力遮盖，堆釉现象到了景德镇这类瓷器上几近全无，这就是为什么仿官釉类作品在明清之后形态有神无韵的缘故。

《宣德鼎彝谱》载："内库所藏，柴、汝、官、哥、钧、定。"显然明初宫廷的文化传统依宋而行。跨过元人的控制，明朝文化延续宋型文化的香火成为明初的态势。明初仿官釉类型作品数量不能算少，官、汝、哥均有，明显传递出好古之风。故宫博物院所藏明仿官釉琮式瓶，仿汝釉盘，仿哥釉菊瓣碗，都在宫廷的提倡下，由景德镇窑工操刀主办，这部分作品由于景德镇一没此类瓷器的烧造传统，二没烧造经验，所以作品宋元韵味不足，只求形似。

明宣德　仿哥釉菊瓣碗
故宫博物院藏

明　仿官釉琮式瓶
故宫博物院藏

明　仿官釉贯耳穿带瓶
故宫博物院藏

明　仿官釉贯耳瓶
故宫博物院藏

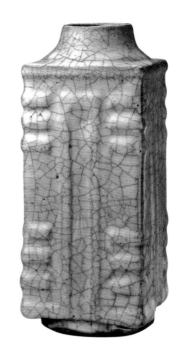

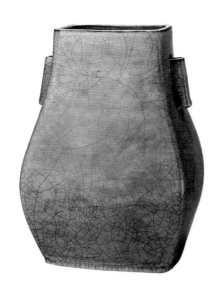

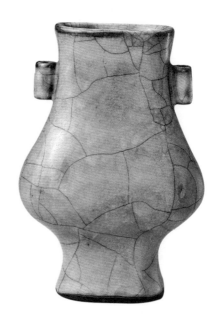

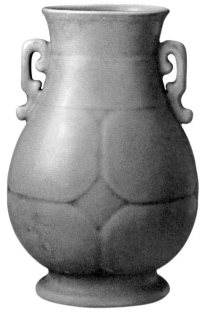

清雍正　仿汝釉双耳扁瓶
故宫博物院藏

明宣德　仿汝釉盘
故宫博物院藏

清康熙　仿哥釉瓶
故宫博物院藏

清乾隆　仿官釉三羊梅瓶
故宫博物院藏

即便这样，有部分作品与后来清代同类作品仍有差异。某种意义上讲，明代仿官釉类作品主观上还是力求形似的，所以瞒过了乾隆帝的眼睛，不少作品得到乾隆的赞美并赋诗镌刻于底部；长久以来，这部分作品在鉴藏家眼中孰宋孰明还是棘手的问题，至今尚不能完全释疑。

入清一切大变。康熙帝江山平定后好古之风再度大兴，从康熙时期各类作品中的博古图即可知晓。康熙的仿哥釉，雍正的仿汝釉，乾隆的仿官釉，都以前辈精华为追求目标，不求神似，也不求形似，只求意似。

清代统治者的文化差异与生俱来，其文化追求永远相隔一层，仿官釉类作品可见一斑。清代康雍乾鼎盛时期，多注重创新，少注重摹古；即便摹古，出发点仍是我要摹古，光明磊落，毫不欺世。这种心态导致清代前期摹宋官釉作品形成一种实用潮流，意思到了即可，重釉而不顾及形，让官、汝、哥三釉任意发挥，任意使用。

因此，开片官釉，不开片官釉，色调不一的官釉；冰片汝釉，开片汝釉；绿哥釉，蓝哥釉；这类发挥想像的官釉类作品，已背离了官釉的初衷，成为清瓷中庞大的一支。

结语

　　强调文治的宋朝，在北宋经济文化发达时期顺理成章地发明了官窑。受文化形态的制约，官窑瓷器的色泽一反前人的习惯，出现了灰蓝色调。这种人为的色调高于自然界中的任何颜色，将宋人想要表达的思想揉和其中，成就了美学意识。宋代官方陶瓷美学就此形成，与民间陶瓷审美大相径庭。

　　宋代官方陶瓷美学系统建立在宋人哲学之上，宋型文化的哲学精神强调收敛，清静无为，这种难以言表的灰蓝釉色符合宋人小家碧玉型的追求，说不清，视而见，与自然无关，充分表达人的理念。哲学思想融入美学境界，立刻就铸成高不可攀、难以逾越的艺术之巅。这就是为什么宋代陶瓷美学的高峰后人无法逾越的潜在道理。

　　而明人即便明白此理，也与宋人在文治上差距甚远。开国君王朱元璋轻视文人，与宋太祖重视文人一反一正，高下自见。文人的地位决定了文人参与世事的态度，明哲保身乃明代文人总体上的思路。明代官釉类作品的质量不高其实就缘于这个现状。

　　清人与宋明毕竟隔着一层，骑马民族与农耕民族思路不同，文化有再强的渗透力也需时日。清人眼中的官釉，已与官方态度无关，更别谈哲学、美学思想；清代按部就班地复烧官窑类作品，已是试探性的好奇；统治者在探索中感受汉文化独特的魅力，将宋以来至高无上的官釉作品束之高阁不妥，供奉神明亦不妥，在两难之中，清人把官釉中隐含的哲学精髓抽掉，完全变成美学的游戏，让其登场，却限制了表达。

　　一千年前，官釉陶瓷在北宋登台亮相之时，以挑梁主角姿态，传递出丰富复杂的文化信息。它在没有征兆的前提下，出场就是满堂喝彩。南宋宫廷的效仿，南宋文人的感喟，让宋代官釉作品不仅当朝熠熠生辉，在宋灭亡之后依旧流芳千古。这一点已完全超出陶瓷的范畴，变成一种精彩的文化现象。

❀

半亩方塘一鉴开，天光云影共徘徊。
问渠哪得清如许，**为有源头活水来。**

——宋 朱熹 《观书有感》

淡妆浓抹总相宜 *

色斑

釉

自然界的颜色不会都以均匀形式出现，古人很早就会发现这一点。在陶瓷釉色的追求中，斑状釉色的出现可能是个偶然，但追求变化，追求自然的主观愿望，使古陶瓷的偶然最终会走向必然。

　　色斑在陶瓷上的出现意在打破传统的平衡。单一色泽的陶瓷在某时刻会让人略感疲惫。追求色泽变化，尤其是自然的色泽变化就会自觉不自觉地成为工匠们的愿望。将此愿望付诸实施时，古代工匠或许摸索了许久，但不论多久，当其愿望最终成为事实时，才让古人发现，原来陶瓷可以具有另一类审美。

　　中国古典美学中包含着一种纯朴的内容，强调美的自然属性，天人合一，顺其自然。将自然界中的斑状现象，如蓝天之白云，秋林之红叶，提炼出来，变成一种人为意向，陶瓷无疑提供了一片天地。瓷之色的均衡追求，在有意无意之间，在人工天成之间，不经意被打破，形成另类审美的同时，平添了一分生动。

　　此处所探讨的色斑，限定在具有一定面积比例而具有不同色泽的陶瓷作品；限定在人工涂抹而非浑然天成的陶瓷作品；而达到这一标准的古陶瓷品种不算很多。

隋以前的陶瓷色斑作品没有成熟又形成气候的。青釉点彩作品以西晋点褐彩为发端。这类点褐彩作品，除极少数外，大都呈规律状分布，仅是点彩而已，未形成"斑"之概念。青釉点褐彩工艺仅以点状存在，但无疑启迪了后世色斑工艺的出现，这一过程用了几百年时间。

青釉点褐彩作品在江南出现并非偶然。江南土中含铁成分明显高于北方，在青釉烧造中稍不留神就会污染作品，成品后就不可避免地出现褐色瑕疵。当这一瑕疵被工匠发现又巧妙地利用后，一种新型的装饰意识出现，这就是点彩。点彩与色斑尚有一段差距，这个差距是"彩"还算是纹饰，而"斑"则摆脱了纹饰，与釉底色平起平坐，成为另一种全新的审美意识。

这个审美意识来源对中国工匠来说很难偶然生成，受外来影响的可能性最大，否则没法解释色斑陶瓷作品在唐代风行的原因。唐以前，无论陶与瓷，不见标准意义的色斑作品，偶尔几件类似作品明显可以看见其装饰出发点不同；故宫博物院的东晋青釉褐斑四系壶，盘口四系，标准东晋器物，浑身满布褐斑，形态略有自然形成的差异，流淌状明显。这只壶的斑面积虽较常见点彩作品为大，但仍未能摆脱点彩的特征，整齐排列，数量较多，所不同的仅是随意一些，点稍大如斑而已。

入唐，色斑作品大增，这一现象绝非偶然。在唐代南青北白的主体形式下，色斑似乎只属于产品地域性特点，在河南地区集中出现。不排除唐三彩作品对其产生过影响。唐早期三彩大多是单色作品，中期以后相溶性很好的色斑作品开始出现。这类作品还是梦幻般的色彩追求，整体釉色还强调你中有我，我中有你；只是偶尔有与色斑作品雷同的产品出现，例如故宫

东晋　青釉褐斑四系壶
故宫博物院藏

唐　黄釉绿斑席纹执壶
故宫博物院藏

唐　黑釉蓝斑拍鼓
故宫博物院藏

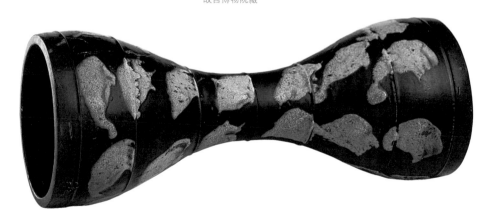

博物院藏黄釉席纹绿斑执壶，其色斑块大量少，区区几块装饰，已使此壶生动起来。但唐三彩此类作品不算多见，没有形成主流，也不是唐三彩作品长处所在。

唐色斑作品首推拍鼓。故宫博物院的唐黑釉蓝斑拍鼓，早年就被定为国宝，可见其受重视程度。此鼓长近60厘米，鼓身起弦纹七道，中间细两头粗，粗细比例悬殊，黑色器身不严谨、不规则的装饰有状如巴掌大的色斑，明亮抢眼，异域风采明确。

拍鼓亦称腰鼓，宋人陈旸《乐书》说："大者瓦，小者木，皆广首纤腹。"宋代以后腰鼓流行，演奏时站立而双手拍击，因置于腰部，故称腰鼓；但唐以前腰鼓并不全是置于腰部边拍边舞，而是有一类跪或坐于席上，置鼓于腿上，亦双手拍击；再早至北朝时期，拍鼓则置于长案之上演奏；这些演奏的形象在敦煌壁画及云冈石窟上多有体现，这就可以解释为何唐代陶瓷制作的拍鼓不适宜站立演奏的原因。

陶瓷腰鼓份量较重，不适宜背负，尤其站立演奏时舞姿受限，会变得不灵活；另外，陶瓷腰鼓易碎，快速演奏时难免磕碰破损，以此推想，唐陶瓷腰鼓应当置于某稳定处演奏，而不会悬挂于腰部演奏。

唐南卓《羯鼓录》指出腰鼓"不是青州石末，即是鲁山花瓷"。故宫博物院曾对河南鲁山窑考察，获拍鼓残片若干，印证了文献记载的客观准确。实际上除鲁山窑外，北方许多窑口亦烧过花瓷拍鼓。

在唐代，花瓷是对色斑瓷的统称，流行很广。不仅拍鼓为花瓷，其它各类经典造型都有花瓷作品。故宫博物院所藏青褐釉蓝斑罐，此造型俗称万年罐，白釉作品为多；黑釉蓝斑翻口罐；黑釉蓝斑双系罐；黑釉蓝斑执壶；这类深色为底的色斑作品是花瓷的主力军，其艺术效果强烈，视觉醒目，尤其在一千多年前的唐代，异域风情扑面而来。

可以推测花瓷——即色斑作品受西域文化传入启发而来。拍鼓本不是汉民族的传统乐器，汉民族的情感宣泄不大会载歌载舞。这种连演奏带歌唱的乐器非常符合游牧民族的性格，传染给汉人算是合理解释。羯本为匈奴一支，亦称羯胡，后泛称北方外族；羯鼓却是起源印度，从西域传入，盛唐流行。《通典·乐器》载："羯鼓，正如漆桶，两头俱击。以出羯中，故号羯鼓，亦谓之两杖鼓。"

《通典》提供了一个重要信息：正如漆桶。漆器用久会形成自然斑纹，侧观多有大块色斑。唐代瓷拍鼓的装饰风格是否受漆器影响也未可知，但乐器的总体形势是以漆器为主，胡琴、琵琶均可佐证。

唐代花瓷的出现在后世看来似很偶然，但对唐人可能并非这样。西域刮来的风浸染着东方的汉人，最会学习的汉人在自己的领地将西域风气落地，逐渐演变成自己乐意接受的文化。唐代花瓷应该说是极好的一例。

在这样的局面下，花瓷开始变化，有月白为底色，褐斑为装饰的大罐；有黄釉为底色，月白为斑的双系罐；唐花瓷开创的色斑新作品，不过是提示了中国陶瓷工匠另一类装饰风格，非色非彩，色中有色。

可惜，唐代陶瓷的这类大气磅礴的装饰风格并未传递给宋代，花瓷这一乐章在晚唐戛然而止。宋人有宋人的思路，他们喜欢怡情的小调。

唐　黑釉蓝斑执壶
故宫博物院藏

唐　月白釉褐斑大罐
故宫博物院藏

唐　黄釉月白斑双系罐
故宫博物院藏

唐　黑釉蓝斑罐
故宫博物院藏

宋金铁锈斑

宋代陶瓷装饰百花齐放，民窑八大窑系南北均衡。南方龙泉窑、景德镇窑、吉州窑、建阳窑与北方耀州窑、定窑、磁州窑、钧窑等相互呼应，充分体现了南北方相同的美学追求中微妙的差异。

民间宋瓷总体上的追求呈世俗态势，崇尚艳俗的普遍审美。不论刀刻还是笔绘，纹饰的表达反映了宋代人的内心世界，花草鱼虫、翎毛走兽都是宋瓷的自由天地。

只有一点例外，在宋磁州窑风行的华北地区，主要在河南河北两省，有一类瓷器以很个别的审美情趣，小幅沿袭了唐花瓷的风格，这就是铁锈斑。

铁锈斑装饰有别于宋代主流的具象手法，完全一幅抽象绘画。这类作品分两类，一类色斑呈无规律分布，一类则呈有规律分布。大英博物馆的黑釉铁锈花斑圆腹瓶，色斑大块醒目，无规律呈现；而韩国国立中央博物馆的同类作品，则色斑小而明显成规律的分布。这两件铁锈花色斑作品可以反映宋代这一独特品种的基本风貌。

美国芝加哥美术馆藏有一个铁锈斑梅瓶，可以清晰看到其工艺特征：色斑为淋洒状分布，明显与唐花瓷刷釉工艺不同。这种淋洒工艺在定窑作品中亦有出现，例如日本万野美术馆藏黑定铁锈斑盏，河北省博物馆亦藏有相同一只；万野美术馆这只色斑分布可以看出工匠的精心，分布基本均衡；而河北省博物馆的这只则显得工匠随意，色斑大小悬殊。同类型作品呈现不同工艺手法，至少说明在宋代，此类装饰不定型，有很强的随意性。

有意思的是在铁锈花装饰中有一类常见的碗，其铁锈花装

宋　黑釉铁锈斑瓶
韩国国立中央博物馆藏

宋　黑釉褐斑罐
英国大英博物馆藏

253

宋　黑釉褐斑梅瓶
美国芝加哥美术馆藏

金　黑釉铁锈斑碗
山西平朔考古队藏

饰一般五瓣呈现，宛如盛开的花朵。这种碗民间有一极俗的称谓，叫"狗舔碗"。主要是其色斑上宽下窄，如舌舔状，故有如此形象的俗名。1985 年，山西省朔州市出土过一只。与淋洒工艺不同，狗舔碗工艺显然为软刷刷出。这类碗地域性较强，仅在华北地区发现，应为地方流行产品。

宋　定窑黑釉褐斑碗
河北博物院藏

宋　定窑黑釉褐彩碗
日本万野美术馆藏

金　黑釉褐斑梅瓶
观复博物馆藏

金　黑釉褐斑柿蒂钮盖罐
观复博物馆藏

在没有证据证明钧窑在宋已有出现之前，我们仍按金代探讨钧窑。与官钧强调一色的表现不同，民钧系统曾明显追求色斑工艺，体现变幻之美。

以铜为呈色剂在高温下一次呈现红色是钧窑对中国陶瓷史的贡献。金代人看见钧窑色斑之红理应兴奋。在此之前，尚没有人将瓷器烧得如此绚丽斑斓。尤其玫瑰红色，在冷色调中呈现一抹暖色，亲切感人，这种冷暖相间的对比给金代人的感受远远强烈于我们。

过去曾很长一段时间错误地认为，钧窑是入窑一色，出窑万彩；钧窑乃窑变艺术而不可控制。但细观钧窑，这一说法无法成立。几乎所有钧窑带色斑作品都可以清晰看出其红色呈现时的笔触。故宫博物院藏钧窑双系罐，腹部一月牙形玫瑰红斑，如残月当空，醒目别致。细细观察，其工匠的笔触由左及右，随手一挑，潇潇洒洒；金代的无名工匠一定想不到自己的随意能跨越千年，穿越时空，让后人欣赏到这漫不经心的一笔。

另一件钧窑紫斑盘，一笔横勾，极具书法韵味；甩落一点，富于气象变化；观复博物馆著名的"三潭映月"钧窑盘与此盘大同小异，三笔均匀分布，无意间落下一滴巧成圆月，构成人文景观，尽管这是后人的附会，但仍依赖前人充满诗情画意的襟怀。

入元以后，钧窑在北方大兴。原因是钧窑的乳浊釉遮盖能力极强，对胎土要求不高。加之玫瑰红色赏心悦目的色斑，处处相同又处处不同，让人充满好奇。故宫博物院所藏钧窑带盖梅瓶，天蓝釉身均匀，玫瑰红斑如彩练当空，灵动而富诗意。河北省博物馆与此相同的一只梅瓶，依然呈现彩练般的笔触，

金　钧窑双系罐
故宫博物院藏

金　钧窑蓝釉紫斑盘
故宫博物院藏

金　钧窑"三潭映月"盘
观复博物馆藏

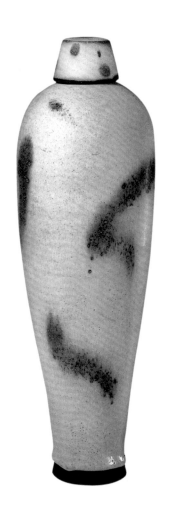

元　钧窑红斑碗
山西博物院藏

元　钧窑带盖梅瓶
故宫博物院藏

而非点状或泼洒，可见当时当地的工匠对钧窑的这类装饰已游
刃有余。山西博物院藏有一只元代钧窑碗，其碗中红斑也是带
状分布，与上述梅瓶雷同，这至少说明钧瓷在元代的装饰手法
多样，日渐成熟。

元代龙泉窑

龙泉窑自北宋至南宋至元一直生产青瓷，品种保守，所寻求的变化只在釉色上追求，大体上沿着釉色深、浅、深的路子行进，北宋时期老绿，南宋时期嫩青〔梅子青、粉青等〕，元以后又回归老绿，凝重沉着。龙泉青瓷的色泽变化，反映了时代潮流的轮回规律，小至青瓷这一具体事项仍不违背社会规律。

可是龙泉青瓷入元后，冷不丁生成一个新的品种，褐斑装饰的龙泉青瓷。这类作品在日本有一个非常诗意的名字叫"飞青"。飞青一词为专业术语，即便在日本一般人也弄不清来源。日本人认为这一词汇由中国传入，但中国陶瓷专业领域并不使用此词汇，各类文献也不见记载。飞青一词，仅在日本指龙泉褐斑瓷器，其他褐斑瓷器并不使用此称谓。以词义表面解释，飞为意外快速，亦有悬浮之意，褐斑悬浮于青釉之上，飞青是也。

英国大维德基金会所藏元龙泉褐斑侈口瓶，造型为元代之典型，釉色匀润，褐斑无规律均布，不密不疏，恰到好处；日本大阪市立东洋陶瓷美术馆藏有一件玉壶春瓶，造型为元代常见，釉色在日本被认为第一。上面也饰有褐斑，比前例略显稀疏，星星点点，一副心中有数的样子。

这两件"飞青"作品的装饰风格虽少见，但仍见成熟态势，显得非常理性。这种"飞青"作品国内不多见，福建省南平市元墓曾出土过一件双耳带环瓶，褐斑稀疏，显得漫不经心，高度也与上述两件近似，尺寸适中，从侧面印证"飞青"作品为一般家庭陈设之用。

实际上，飞青装饰并非单独出现。再早一点的南宋，景德镇窑青白瓷上已有褐斑装饰，手段布局近同，只不过青白瓷褐斑与青瓷褐斑比较起来，前者过于强烈，后者显得温和了许多。

元　龙泉青瓷铁锈斑瓶
英国大维德基金会藏

元　龙泉铁锈斑玉壶春瓶
日本大阪市立东洋陶瓷美术馆藏

元　龙泉青瓷褐彩双耳瓶
福建省南平市博物馆藏

北宋　青白釉褐彩长颈瓶
江苏省江阴市青阳镇悟空寺联合考古队藏

元　青白釉褐彩荷叶形盖罐（对）
北京市丰台区金代塔基出土
首都博物馆藏

青白瓷褐斑作品明显多于龙泉青瓷褐斑作品。北京市丰台区金代塔基出土一对宋末元初的青白釉褐斑荷叶罐为其中典型。景德镇这类点彩作品可以上溯至五代，北宋也较为流行。江苏省江阴市悟空寺塔基出土的青白釉褐斑长颈瓶，因此塔建于北宋景德三年〔1006年〕，纪年明确，故参考价值较高。江西省德安县北宋景祐四年〔1037年〕墓出土的青白釉褐斑弦纹盒，盖面点褐斑五处，集中均衡，显示了早期点褐斑的规律性。

这类姑且称之"飞青斑"的陶瓷作品，将南方瓷土含铁量高，偶然殃及陶瓷之缺陷发扬光大，总结提高至装饰手段，化腐朽为神奇。虽未大范围流行，但亦能看出宋元时期南方工匠的良苦用心。褐彩在青瓷、青白瓷上反差强烈，故不可大面积施色，因此无论龙泉青瓷的"飞青"，还是景德镇青白瓷的"点彩"，其色斑面积都收缩至最小面积，才能取得极佳效果。而北方铁锈斑施色面积明显大于南方，缘于褐斑与黑色之间反差柔和，因物制宜而已。

北宋　青白釉点褐彩盒
江西省博物馆藏

元明釉里红斑

2002 年，内蒙古集宁路发现一处完整元代市肆，出土完整瓷器 200 余件，可复原瓷器近 7500 件，宋金元时期全国八大窑系仅吉州窑未见，其他窑口悉数登场，可见当年这个市场之繁荣。引人注目的是一件景德镇窑釉里红斑玉壶春瓶的出土，此件作品一改人们对元釉里红涂抹填色的陪衬印象，让大面积的鲜红色斑成为唯一装饰主角，热烈奔放，不拘一格。

这类釉里红色斑作品近年零星也有发现。1980 年江西省高安县窖藏出土元釉里红斑高足转杯，红彩如泼，潇洒肆意；甘肃省漳县汪世显家族墓出土的元釉里红斑高足碗，半边红斑，鲜艳明亮；这类元釉里红斑作品极好地表达了创造者的思路，以色成斑，强调色彩之感受，不见画意之彷徨。

釉里红本是元朝人在景德镇始创。铜红釉烧造时难度很大，稍微控制不好就会"灰飞烟灭"，痕迹全无。在画意受宠的元朝，有这样的作品出现，大体上是不合时宜的，加之这种抽象力极强的表现手法，让汉人颇不适应，所以产量低于景德镇当时其他所有品种，也是合理的事情。

明朝整个一朝，未见色斑作品再占有一席之地。汉人的务实精神引领景德镇制瓷业，带有画意的作品统治了瓷业江山，要不是近年景德镇珠山明代官窑遗址出土一件红斑大碗，我们真不能想像景德镇在明初还做过这样的探索，尽管这个唯一的红斑大碗装饰得有些可笑，但正是有这样的错误，人类才得以正确前行。

元　釉里红彩斑贴花螭龙纹高足转杯
江西省高安市博物馆藏

元　釉里红高足杯
甘肃省博物馆藏

元　釉里红玉壶春瓶
内蒙古自治区文物考古研究所藏

明永乐　内红釉外釉里红点彩纹碗
江西省景德镇珠山官窑遗址出土

清代色斑

清代是瓷器百花齐放的时期，以纹饰作为表现形式，以釉色作为表现形式，这两大阵营都有佼佼者。而色斑类作品由于不是汉文化的传统审美，零星几种虽尽情出场，亦显得羞羞答答，未能摸索出新路，因而形不成规模。

先是虎皮三彩。康熙一朝恢复、创新的品种最多，虎皮三彩算是创新。虎皮三彩是素三彩的变种，它将素三彩的一贯陪衬地位升至主角，让黄绿紫三色尽情展现，让没有规律形成规律。这种斑状三彩被誉为虎皮三彩，名称取其意并非取其形。故宫博物院的虎皮三彩碗带康熙本年官窑款识，客观纪录了当年的官方态度。尽管虎皮三彩有悖传统审美，非纯色非纹饰，取斑驳状，得新奇意。

雍正、乾隆的窑变釉一直追摹古意，少量作品偶有呈现斑状，红底蓝斑或蓝底红斑。雍正款仿钧太白坛，红斑在腰间呈现环状，与口部红色呼应；乾隆款窑变釉钵形缸，红斑连成片，穿插于蓝色之中，气象万千；这类作品观图形有事先勾勒设计之嫌，并非完全浑然天成。清盛世瓷器中有此景象，可见天朝心态。

乾隆时出现了一种创新品种，多颜色的色斑作品，俗称桃花洞。这类作品很容易被人忽视，也很难让人理解这是清乾隆时期作品，这是一种新潮思维，今天看来仍很前卫。观复博物馆藏桃花洞观音瓶，以吹釉方式将五种互不搭界的颜色吹上，红、黄、白、蓝、绿，设色大胆，想法奇诡，为清代盛世之乾隆朝做了最好的注解。

清康熙　虎皮三彩撇口碗
故宫博物院藏

清雍正　仿钧窑太白坛
故宫博物院藏

清康熙　虎皮三彩碗
观复博物馆藏

清乾隆 窑变釉钵式缸
故宫博物院藏

清乾隆 "桃花洞"观音瓶
观复博物馆藏

结语

中国陶瓷史上颜色、纹饰两支大军交替行进了几千年，各自都尽了自己的职责，都表达了自己擅长的意思。色斑这一装饰现象在陶瓷史中所占比例极小，举重若轻。它把自己的长处——富于变化，表现得淋漓尽致；它把自己的短处——容易混乱，回避得恰倒好处。自唐代起，当西域的拍鼓拍响了迷人的节奏之时，花釉悄然登场，在梦幻般的旋律中增加了梦幻般的色彩。

这种斑驳陆离的釉色，传达着说不清道不明的美学特质，让古人知山外有山，天外有天；让古人不再囿于一种传统的思维模式，开放思想，探索新路。其实，这种探索总是断断续续的，因为不是主流，时而被主流社会抛弃，亦属正常。色斑类瓷器，如芝兰生于深林，不以无人而不芳。孤芳自赏，天长日久，继而有人欣赏。作为陶瓷美学中的独树一帜，色斑给社会以启迪。

因为有启迪，才有探索；有探索，才有成功；中国陶瓷美学的成功其实正是来源于古人襟怀的开阔：海纳百川，有容乃大。

❋

水光潋滟晴方好，山色空蒙雨亦奇。
欲把西湖比西子，**淡妆浓抹总相宜。**

——宋 苏轼 《饮湖上初晴后雨》

四时佳兴与人同 *

仿生 釉

陶瓷发明之初,古人的潜意识里是要摆脱自然属性,人工之器的精髓就在于此。古人将泥土制成器,沉浸在人工的欢乐之中,这一过程历经数千年。

忽然有一天,古人面对成熟的瓷器突发奇想,让陶瓷返璞归真,模仿一下自然状态如何?陶瓷在生产过程中偶然因素可能是其想法的诱因。在唐代陶瓷南青北白的大好局面下,人为模仿自然的陶瓷悄然生成。

这就是绞胎陶瓷的出现。人工之器在制造过程中向相反的自然美学追求迈出了一步;陶瓷本是天工开物,自诞生之日起就一步一个脚印,扎扎实实地向人工之美目标前行,从未动摇。当青釉之青"夺得千峰翠色来",当白釉之白"君家白碗胜霜雪",唐代精明的陶瓷工匠似乎对人工之巧获得了前所未有的满足,掩上了纯色之门,打开了斑斓之窗。

唐代的邢之白越之青反映了大唐之盛世,陶瓷双色在唐已各自攀上其高峰;纯色以外的陶瓷首推唐三彩,这种低温铅釉将色彩发挥至极处,斑斓五色,变幻多端,尤其唐三彩之釉混合效果,出乎人工效果,浑然天成。

在这两个极限的压力下,唐代北方大地默默生成一支队伍,悄无声息地成长。它们在追求一种自然境界,让陶瓷釉色向自然界最常见的木石纹理靠拢,这是一种新的美学思路,由含蓄向矫情发展,升华为一种独特的境界。

1952 年，陕西省咸阳市唐开元二年〔714 年〕杨谏墓出土了一件黄釉绞胎水盂。这是迄今为止可查到最早具有确切纪年的绞胎容器，至今近 1300 年。

这件绞胎水盂造型为唐之经典，其他品种如邢、越、三彩都有与之类似的造型。该水盂造型饱满，扁圆鼓腹，口小内敛，一副完全成熟的样子。与常见品种所不同的是其装饰手法，纹理人工却似天成。用两种不同颜色的胎土绞出层次，疏密得当，自然流畅，把对自然属性的追求做到极限，目的却藏至最深；绞胎陶瓷诞生之初就以一个完全成熟的姿态傲视同侪，不动声色。

细观此器，器内壁露素胎，不见纹理；而外观又不是绞釉效果。厚壁提示此水盂应为双层胎壁，内为素胎，外为绞胎，这种费工费力的工艺并不节省成本，令人匪夷所思。

以两色胎土按一定工艺绞制成型，不再绘以颜色，强调绞

唐代绞胎

唐　绞胎盂
陕西历史博物馆藏

273

制形成的自然纹理，是绞胎瓷器的精髓。将绞制成片状的胎土粘和器上，显然是装饰手法的追求，这个追求有些辛苦，有些笨拙，出现于早期绞胎瓷器上顺理成章。仔细观察此器，即可发现最大腹径处有绞胎衔接的明显接痕，纹理错位，显露出一道际线。这条际线在表明早期绞胎不成熟的缺陷的同时，如同军人的伤疤，还是一份光荣。

绞胎在唐，曾是大唐斑斓幻想的佐证。大唐是一个富于幻想的朝代，对具象的需求不敌对抽象的需求。唐人期冀理想与现实统一，古典美与当代美统一，但在一个富饶开放的国度，各类思潮都有效地存在，虽不懂也懂，虽懂也不懂，正是这种大唐襟怀，让绞胎一出世就丰满，就加入到陶瓷大军中来，一同行进。

与此器同时期的还有一匹绞胎骑马狩猎俑，1971 年出土于陕西乾县懿德太子李重润墓，墓葬纪年为唐神龙二年〔706 年〕，还早于前述杨谏墓 8 年。在此墓葬出土的一千余件文物中，这件骑马俑弥足珍贵，猎手于马背之上，仰天弯弓，一触即发，将千年之前的一瞬定格，留给后人无尽的遐想。此马非常见唐三彩马,绞胎为体,呈现入骨纹理。马之毛色，虽少有如此斑纹，但绝非没有，皇家拥有此斑纹良驹，为其塑形，正好显示绞胎的表现能力。若细观察此件骑马狩猎俑，竟然有添笔补绞胎纹理不足之处。由此可见，此时绞胎作品尚处在初级阶段，工艺上还达不到游刃有余的境界。

唐代骑马风行，唐太宗的昭陵六骏各个是良驹，他本人也写过五绝《出猎》："琱戈夏服箭，羽骑绿沉弓。怖兽潜幽壑，惊禽散翠空。"可见皇家对骑射的重视。绞胎骑马狩猎俑在大

唐　绞胎骑马射箭俑
陕西乾县懿德太子墓出土
陕西历史博物馆藏

唐文物中罕见，又置于太子墓中；懿德太子因与其妹永泰公主议论面首张易之兄弟"何得恣入宫中"，被杖杀于洛阳；神龙元年〔705年〕，中宗李显复登帝位，追赠李重润为皇太子，迁灵柩由洛阳回乾陵，"号墓为陵"，可见朝廷之重视。因此，有学者凭史料推测此绞胎骑马狩猎俑应为"东园秘器"。

马在唐代多有塑造，动态的，静态的，动静结合的；单色的，复色的，色入胎骨的；马在唐既是军事装备，又是运输工具；既是体育设施，又是农耕用具；因此唐人爱马，多有塑造，绞胎骑马狩猎俑传递出的"翻身向天仰射云，一箭正坠双飞翼"〔杜甫句〕的信息，正是唐代宫廷贵族的真实写照。

故宫博物院藏有绞胎脉枕，上海博物馆亦藏有类似作品。这类脉枕往往中心图案突出，而四边纹饰随意，此两枕大同小异，所现毛病同出一辙——即立墙纹理部分缺失。绞胎陶瓷为唐代所创，工艺流程大约三种，一为全器绞胎而成，再施以透明釉；二为绞胎贴片，全器素胎而制，用绞胎贴片满贴后再修胎，最后施以透明釉；三为绞胎拼花，强调图案化，脉枕常用此法。这两件脉枕即为最后一种，花卉图案在似与不似之间，不求形似。另有一类拼花为主，辅以戳印划刻手段的绞胎花枕，在唐代已形成品牌，有杜家花枕、裴家花枕等等。今人能看到唐代品牌商品无疑是一种眼福。

唐代化妆术风行，与之相应的粉盒遍及大江南北。绞胎作品也不例外，制成粉盒别具一格。观复博物馆藏绞胎粉盒外施绿釉，内施黄釉，两色冷暖相宜；而另一件高足花纹粉盒，属贴片绞胎，拼接而成，每一单元状如花卉，充分体现绞胎贴片的长处。

唐　绞胎枕　　　　　　唐　绞胎花枕及底部
故宫博物院藏　　　　　上海博物馆藏

唐　绞胎枕　　　　　　唐　绞胎花形高足盒
上海博物馆藏　　　　　观复博物馆藏

唐　绞胎粉盒
观复博物馆藏

在唐绞胎纹理的追求上，我们揣摩唐人的心思。在石纹、木纹、花纹等自然纹理中选择模仿，还是唐人有其他高于这些的精神追求。实际上，绞胎形成的纹理与木纹最为贴近，与某些石纹也有近似之处。唐代石质容器风行，几乎所有类型的小件容器都有石质制品，石质制品耐用，只是成本高，普及困难。故宫博物院藏绞胎三足炉，花团锦簇，色泽柔和，美不胜收，与观复博物馆藏孔雀石三足炉造型一致，为唐代典型器物。

唐　绞胎三足炉
故宫博物院藏

唐　孔雀石三足炉
观复博物馆藏

绞胎拼接作品的意图不甚清楚，应为唐人有意为之。1973年江苏邗江县出土一块深盘〔镇江市博物馆藏〕，完全采用绞胎贴片工艺，在制作时不考虑纹理衔接，率意而行；从这类实物上讲，绞胎仿生的主观意图并不明显，似乎木纹、石纹、花纹对它都不重要，重要的是绞胎自身的优美，这是另类美学观散发的诱人之光。

唐　绞胎盘
江苏省镇江博物馆藏

商代晚期至西周　石器
四川金沙遗址出土

宋金绞胎·绞釉

绞胎入宋，其变化虽不经意但态势清晰，绞胎由抽象之美向具象之美靠拢，这似乎有悖于绞胎美学的初衷。美学观变化的首要条件就是受哲学观的制约。唐人的生存哲学与宋人有着天壤之别，宋人"存天理，灭人欲"的纲领性理论，一改唐人放任的生活态度，让生活渐渐循规蹈矩，走上程朱理学设计的正轨。

故宫博物院藏宋代绞胎罐，绞胎纹理呈现明显的规律性，被后人称之为羽毛纹。与唐绞胎作品不同，宋人对不规矩中的规矩似乎开始感兴趣，试图在其中摸索出一条路。与此作品雷同的一件作品出土于山西省大同市，确切纪年为金正隆六年〔1161年〕，此时距北宋灭亡仅30余年，所以这件明确纪年的绞胎钵尤为重要，它传递了许多重要的信息。这件绞胎钵的纹理排列整齐，人为意图明显，呈羽毛放射状；一方面传达出宋金人苛求规矩的主观愿望，另一方面也把唐绞胎至宋绞胎至金绞胎的变化轨迹厘清，让我们今天面对唐绞胎骑马射猎俑〔706年〕至金绞胎钵〔1161年〕之间长达455年的跨度时，按捺不住心中的激动。历史只有拉开距离才能呈现它那漂亮的轨迹，才能让人归纳总结出演进趋势。

可以与之佐证的还有山西省汾阳市出土的绞胎碗盘一副，这两件绞胎作品一为羽毛纹，一为几何纹；尤其盘的纹饰，按螺旋状排列，如乱石砌墙，乱中求齐，呈现出一种非凡的美丽。

有宋一代，非常不完整的统计，烧造绞胎瓷器的窑口就有磁州窑系的郏县窑、登封窑、宝丰窑、新安窑、修武窑、淄博窑等等，宋金时期，绞胎瓷器在北方流行，只不过绞胎瓷器的制作成本明显高于其他类型的瓷器，市场占有率不如其他同类

金　绞胎钵
大同市博物馆藏

宋　绞胎罐
故宫博物院藏

金　绞胎盘
山西博物院藏

金　绞釉玉壶春瓶
长治博物馆藏

金　绞釉玉壶春瓶
山西博物院藏

产品，故存世出土数量有限。

　　绞胎瓷器作品衍生出一个新品种——绞釉，也有学者称之为绞化妆土。这类作品数量远不如绞胎，似乎也一直未推广开来。山西博物院藏绞釉玉壶春瓶，长治市博物馆藏同类作品，将釉料的长处——行云流水的纹理效果展现，追求石材之天然纹理，也收到了预想的效果。

兔毫是一个非常文学化的名称，长久以来仅限定在建阳窑之茶盏作品。兔毫盏的成因为非人工因素，依赖天成；但人工可以凭借经验干预，让兔毫作品优美异常。

故宫博物院藏兔毫建盏，口部酱色，渐变至底部变黑，过渡地段呈现酱黑相间细如毛发的条纹，故曰兔毫。兔毫盏宋时已成名品，大学者蔡襄在《茶录》明确记载："茶色白，宜黑盏，建安所造者，绀黑，纹如兔毫，其坯微厚，熁之久热难冷，最为要用。"兔毫盏的名称当来源于此。兔毫的科学成因复杂，呈色与铁有直接关系。建盏的胎体含氧化铁达9%以上，对其呈色起着至关重要的影响。兔毫在宋又有玉毫、异毫、兔毛斑、兔褐金丝等不同名称；除蔡襄外，徽宗赵佶、苏东坡、黄庭坚、杨万里等或诗或文都赞及兔毫，欣赏有加。

如果把兔毫看作一个美学成就，在与福建相隔千山万水的山西也有类似作品出现，还不限定在茶盏之上。观复博物馆藏兔毫纹黑釉梅瓶，肩部明显呈现兔毫状纹理，以目测观之与建窑兔毫釉色成因一致。在某种接近的烧造条件下，结果也一定趋向一致，只不过山西的工匠们没有有意识地将其作品类型化，继而商品化，所以今天能看到的兔毫作品，只有建盏名正言顺，其他有借光之嫌。

宋代兔毫

宋　兔毫梅瓶
观复博物馆藏

宋　兔毫碗
故宫博物院藏

油滴与兔毫异曲同工，同是结晶而成。只不过兔毫结晶为条状，油滴为点状而已。油滴釉在黑釉底上形成银色结晶点，如油入水，形成滴滴点点散落状，其名十分形象。油滴与兔毫的成因都与铁呈色相关，让铁这一在陶瓷生产上最不利的因素发生逆转，变成可利用的条件，宋建盏可谓化腐朽为神奇。

日本大阪市立陶瓷博物馆及日本静嘉堂文库美术馆各藏有一只油滴建盏，盏内外油滴密布，灿若星辰；这两件油滴盏可谓建盏代表作，已知存世作品难出其右；故宫博物院藏有黑釉油滴大碗，厚壁兜沿收口，油滴细小而密集；观复博物馆也藏有类似一只，釉色相同，只是造型翻沿侈口，这类大碗底足露胎处均刷以深褐色护胎，其意图明显仿制建盏铁胎。建阳窑胎体极具特色，在宋代独树一帜，颇具好评。因此其他地方窑口仿制也是出于市场考虑，山西以及河北、河南、山东都有这一类型仿制产品，可见建盏在宋时的影响力。

油滴釉在宋金时期的北方不限于盏和碗，立件作品亦有出现。观复博物馆藏金代黑釉油滴梅瓶，油滴细小如雨，使黑色梅瓶变得生动。尚没有证据证明这类大型油滴作品曾大量有意识生产，很可能是烧窑时的偶然生成。油滴釉成因复杂，对温度控制极严，在1200℃以上的高温中只有20℃温差，对于古代窑工以肉眼观火，这一温差条件极为苛刻。宋代大件油滴作品十分罕见的原因，可能就在于此。

另有一类油滴更为罕见，仅在日本偶见收藏，被日本人称之为"曜变天目"。这类在日本被誉为国宝级的建盏，油滴状如浮萍，三两聚集，边缘闪着蓝幽幽的光晕，甚为美丽。日月五星古称"七曜"，"曜变"一词本为国人所创，颇具迷信，始

宋　油滴碗
故宫博物院藏

宋　油滴碗
观复博物馆藏

宋　油滴碗
日本大阪市立东洋陶瓷美术馆藏

见明人笔记；但在国人中此词汇并未流行，传入日本后反倒成了这类作品的专属代名词，此文化现象颇令人回味。

宋　曜变天目碗
日本静嘉堂文库美术馆藏

金　油滴梅瓶
观复博物馆藏

宋代玳瑁

玳瑁本为海中动物，形如龟，有鹰喙；甲壳光滑，深褐色与浅黄色花纹融合相间，自古就是上等装饰品。《史记·春申君列传》中即有玳瑁簪的记载。玳瑁甲片还可入药，在古代中国，凡能入药者均被高看一眼。

玳瑁釉为宋吉州窑最具魅力的产品。与建阳窑不同，玳瑁釉不讲究纹理界限清晰，讲究神似。主要是玳瑁之色极富吸引力，褐黄相间，花而不刺目，新奇不突兀。

故宫博物院藏宋吉州窑玳瑁釉罐，黑釉为底色，洒落黄釉斑，形成玳瑁仿生釉。另一只玳瑁盏，形为茶盏，与建盏相近，应为茶道用具。另一类玳瑁釉稍显浑浊，将褐与黄的界限柔化，你中有我，我中有你，但仍不失玳瑁之神韵，仿生瓷的演变往往就是这样，以写实起，以写意终，宋玳瑁釉即是最典型的例子。故宫博物院藏宋吉州窑玳瑁釉〔亦称玛瑙釉〕梅瓶就是这类作品。

宋　玳瑁罐
故宫博物院藏

宋　玳瑁盏
故宫博物院藏

宋　玳瑁梅瓶
故宫博物院藏

宋代鹧鸪斑

鹧鸪本为一种山鸟，古籍中所说的鹧鸪应为科学意义鹑鸡目雉科的华南种。《本草纲目》记载鹧鸪："形似鹑，稍大，背灰苍色，有紫赤色之斑点。腹灰色，胸前有白圆点，如珍珠。"以此我们知鹧鸪斑点有两类，背部灰黑有绛红斑点、腹部灰色有白色斑点。

鹧鸪斑釉存世量不大，但古籍中记载颇多，可见当时文人对其之喜爱。宋初陶谷的《清异录》："闽中造盏，花纹鹧鸪斑点，试茶家珍之。"此条记载明晰，多被文献引用。杨万里诗："自煎虾蟹眼，同瀹鹧鸪斑"；僧惠洪的诗句"点茶三昧须饶汝，鹧鸪斑中吸春露"；陈蹇叔诗"鹧鸪碗面云荥字，兔毫瓯心雪作泓"；黄庭坚词"研膏溅乳，金缕鹧鸪斑"；这些文人留下的文字都在说明鹧鸪斑茶盏在宋的重要性。

故宫博物院的宋吉州窑鹧鸪斑盏，盏心斑点如豆，与鹧鸪鸟斑点神形皆似，殊为难得。

1980年江西省吉安县永和镇吉州窑遗址出土一盏，品相虽不好，但仍能观鹧鸪斑风韵，这类作品可能是当时淘汰产品，其斑点有流淌状，似人工控制不佳所致。但此盏出土明确，不失为一件可信的参考资料。

宋　鹧鸪斑盏
故宫博物院藏

南宋　鹧鸪斑碗
江西省博物馆藏

宋　鹧鸪斑碗
日本静嘉堂文库美术馆藏

元明仿生釉

宋建阳窑、吉州窑以及北方诸窑仿兔毫、仿油滴、仿玳瑁、仿鹧鸪斑等等诸多仿生釉入元戛然而止，主要原因是元人文化与宋人文化本质上的区别。宋人注重内心感受，注重生活细节，强调生活的情趣；以茶盏为例，所有上述仿生釉皆以文化情趣为乐，追求一种安逸的文明。而元人金戈铁马，饮茶不再讲究"道"，不去关心茶盏上卿卿我我小家碧玉式的美学追求，只讲究豪情，让生活成为一种挥霍。

元明时期，仿生釉只剩下寥落的绞胎釉，内蒙古自治区乌兰察布市凉城县麦胡图乡出土一件绞胎釉腕，圆腹收口，与元代常见碗型近似，绞胎纹理呈羽毛状，留有宋金遗风，只是纹理稍粗，缺乏宋人的细致。

有明一代，仿生釉几近绝迹。由于明代制瓷中心已定居景德镇，高岭土的长处尽情体现，还未想到仿生这一课题。在明代景德镇，无生可仿，偶然为后世留下一片天地；而在北方大地，尤其山西山区则还怀有一丝旧情，仍可见绞胎制做成的平板，镶嵌于桌屏之中，以绞胎之纹理替代石材之纹理，应不是缺少石材，而是多一层热情。

元　绞胎碗
内蒙古凉城县文物管理所藏

乾隆仿生瓷

　　清朝的仿生瓷在一夜之间成熟，康熙未见；雍正似有似无，只有仿玉釉、仿木釉、仿金属釉出现；进入乾隆，仿生作品如雨后春笋，除仿木釉、仿玉釉外，仿竹釉，仿石釉，仿古铜彩釉，仿青金、松石、珊瑚等宝石釉，仿干鲜果品，仿虾蟹海螺，仿剔红，仿朱漆，仿书函，仿掐丝珐琅，仿金釉，仿银釉，似乎能想见的都能仿制，这虽与乾隆盛世有关，但更与一个人有关。

　　这就是唐英。唐英作为督陶官自雍正六年〔1728年〕起入景德镇，至乾隆二十一年〔1756年〕离任，在景德镇督造皇家御用瓷器长达30年，用他自己的话说："余于雍正六年奉差督陶……杜门谢交游，萃精会神，苦心戮力，与工匠同其食息者三年"。一个朝廷命官，放下身段混迹窑工之中，三年同吃同住，方能修成正果。唐英的制瓷成就绝非偶然，与他尽心尽力有着直接关系。

　　乾隆登基之后，唐英仍诚惶诚恐地监造御瓷，不仅把《陶成纪事碑》之五十七种陶瓷继续发扬光大，还为求得乾隆皇帝欢心，从工艺角度将陶瓷品种不断创新，华丽繁缛，鬼斧神工，

清乾隆　仿雕漆碗
故宫博物院藏

294

尤其淫巧之器，令人叹为观止。这类作品中仿生一类已大大超过前人的思维，不囿于仿自然属性物质，非自然属性亦在仿制之内。例如鎏金佛，几可乱真；例如书函，似可翻阅；例如果盘，真假莫辨；例如剔红，与真品无二……乾隆一朝，君臣之间的默契让瓷器仿生在此一跃攀上顶峰，前无古人，后无来者，成为绝响。

乾隆朝的仿生瓷已由仿釉追至仿形，仅釉色已不能满足供需双方的胃口。供者穷极工巧，让天下之物经自己手中换另一种形式再现；需者殚精竭虑，期望所有不可能实现的目标在此实现。君臣的唱和合拍、押韵、起伏匀称，最终如同一支丰厚的交响乐章，每一小节都令人感到唏嘘。

清乾隆　粉彩仿书函式金钟笼
故宫博物院藏

清乾隆　仿金釉法轮
故宫博物馆藏

清乾隆　果品蟹盘
故宫博物馆藏

结语

　　尽管仿生釉深沉的初衷与后世的艳俗审美截然不同，也不妨碍仿生釉在陶瓷大系中高尚的地位。仿生釉摒弃画意，又未刻意强调釉色，只是在夹缝中找到适合自己的生存之路。唐之绞胎变通人工之美向自然之美靠拢，凸显唐代陶瓷美学观的飞跃；宋之兔毫、油滴、玳瑁、鹧鸪斑，以偶然变为必然，为宋及宋以后提供了审美思路；元明的空白，让文人留下充足时间好好思考，思考农耕文明的安逸与游牧文明的进取为何永远冲突；至于清朝，封建社会最后也是最高的高峰，一览众山小，尽管仿生釉在清乾隆一朝掀起高潮，每面旗帜都独特漂亮，在风中猎猎作响，但它已把仿生釉的精髓丢掉，把初衷忘掉，陷进了君臣孤芳自赏的泥淖。

　　以美学而论，乾隆陶瓷美学中的仿生一支，仅在形似上下足工夫，忘记了神韵，继而忽略了陶瓷本身所具有的特质。而陶瓷的奥妙在于，人工之器，不求天成；天成之器，乃天恩赐，不过是上苍垂范而已。

闲来无事不从容，睡觉东窗日已红，
万物静观皆自得，四时佳兴与人同。
道通天地有形外，思入风云变态中，
富贵不淫贫贱乐，男儿到此是豪雄。
——宋　程颢《秋日偶成》

后记

　　换一种角度解释陶瓷的成因，是我长久以来试图做的。中国陶瓷太丰富了，五千年来一直伴随中华文明的成长。在整个成长过程中，陶瓷本身从内在到外在都有意想不到的变化，而且这些变化并不受单一原因的控制，也令人始料不及。

　　陶瓷倚靠在中华文明丰厚臂膀上得天独厚，由一棵弱小的幼苗长成参天大树，枝繁叶茂，泽被子孙。我们不过是享受这福泽的后人，在懵懂中陶醉，坐享其成。

　　《瓷之色》写了一年，却想了十年。许多问题不是一夜想通的，积思顿释，功夫到了，总有一天恍然大悟，所以宗教给人的道理总是深刻一些。

　　釉色是陶瓷的外衣。原始瓷器偶然沾上的釉点启发了工匠的思路，施釉遂变成了主动追求;这一手段让陶瓷一天天地漂亮起来，也让陶瓷更加实用，陶瓷帮了古人多少忙啊，釉又帮了陶瓷多少忙，让陶瓷变幻多样、丰姿绰约。

　　以陶瓷装饰来看，两大基本手段——釉色与纹饰是陶瓷之美的左膀右臂，前者抽象，后者具象。中国人历来抽象都不去涂抹，仅借意念表达。颜色对自然对人工的表达都需要借思维再现，别无他途。中国陶瓷自诞生以来，先

2009 年摄于大英博物馆

借瓷釉之色充盈这个世界，解释这个世界；然后再去理解这个世界，表达这个世界。路途漫漫，途中又有纹饰诱惑，分为两条，在最为宽广之处只为釉色留下一条狭窄曲折之路，难走却可通衢。

所有这些，我在写《瓷之色》时都切身感受到了，许多时候兴奋得难以入睡。前人的聪明才智不动声色，让白作为起点，黑作为终点，五色杂陈其中。实际上，这个大千世界无论是人为的天地，还是自然的天地，都是颜色的天地。

陶瓷文明是中华文明最丰富的一支，强而有力。千百年来，它无时无刻地不在证明自己的能力，最终代表了中国（CHINA）。这是一个奇迹，一个国家荣誉让一个器物（china）膺荷，身后需要蕴含多大的文化容量；而在文明进程中，有多少障碍需要跨过，有多少困难需要解决；知难而进不仅仅凭借勇气，还要有智慧和信心。陶瓷正是这样，既然替中国人来了，不枉英名，挫锐解纷，和光同尘。

二〇〇九年十一月十日夜

图书在版编目（CIP）数据

瓷之色/马未都著. —北京:故宫出版社，2011.5(2021.6重印)
ISBN 978－7－5134－0129－6

Ⅰ.①瓷… Ⅱ.①马… Ⅲ.①古代陶瓷－色彩－研究－中国 Ⅳ.①K876.34

中国版本图书馆CIP数据核字(2011)第052201号

瓷之色

著　　者：马未都
责任编辑：王　戈　周利楠
封面设计：马未都
装帧设计：李　猛
观复博物馆文字及资料：韩坤
观复博物馆摄影：刘强　胡俊杰
出版发行：故宫出版社
　　　　地址：北京市东城区景山前街4号　邮编：100009
　　　　电话：010-85007808　010-85007816　传真：010-65129479
　　　　网址：www.culturefc.cn　邮箱：ggcb@culturefc.cn
制版印刷：北京雅昌艺术印刷有限公司
开　　本：787毫米×1092毫米　1/16
印　　张：18.75
字　　数：80千字
版　　次：2011年5月第1版
　　　　　2021年6月第13次印刷
印　　数：56,001~60,000册
书　　号：ISBN 978-7-5134-0129-6
定　　价：128.00元